論語

珍藏版

于云文 主編

叁

辽海出版社

II

目　录

段秀实不畏权贵执法……………………（1）

见义不为……………………………………（2）

　　孔子志向远大老有所养………………（4）

　　法显艰苦跋涉取经学道………………（5）

　　玄奘历尽艰险取佛经…………………（16）

　　鉴真百折不挠东渡日本………………（25）

　　苦难成就的诗圣杜甫…………………（35）

　　苏轼超然物外的追求…………………（44）

八佾舞于庭…………………………………（53）

　　李密牛角挂书志向大…………………（55）

徐光启融汇中西文化 …………………… (56)
　　徐霞客志在远游探险 …………………… (65)
　　康熙推动西学东渐 ……………………… (73)
　　容闳赤心报国而求学 …………………… (82)

人而不仁 ……………………………………… (90)
　　吴起以身作则关爱士兵 ………………… (91)
　　唐宋时期的仁爱孝悌 …………………… (93)
　　贺若弼成就父志平南陈 ………………… (101)
　　孙思邈学医最先孝双亲 ………………… (107)
　　欧阳修不忘母亲教诲 …………………… (115)
　　朱寿昌弃官千里寻母 …………………… (124)

君子无所争 …………………………………… (134)
　　兄弟争磨县官调解 ……………………… (135)
　　萧何为官居安思危 ……………………… (137)
　　黄霸为政外宽内明 ……………………… (144)
　　召信臣一心为民兴利 …………………… (151)
　　济世救人的药王孙思邈 ………………… (156)
　　我国科学史上之翘楚沈括 ……………… (163)
　　宋代数学家秦九韶 ……………………… (174)

目录

绘事后素……………………………………（177）
 晏子开明机智救人………………………（179）
 诸葛亮坚持勤俭廉政……………………（181）
 胡质做官追求清廉………………………（186）
 修订最先进历法的郭守敬………………（191）
 平民数学家朱世杰………………………（200）
 以农为本的农学家王祯…………………（204）
 海瑞刚正不阿做清官……………………（209）

知其说者之于天下…………………………（219）
 孟子盖世辩才治国………………………（221）
 精忠岳飞精忠报国………………………（223）
 陆游的爱国壮志雄心……………………（230）
 辛弃疾的爱国情结………………………（237）
 文天祥正气以死报国……………………（242）

其媚于奥，宁媚于灶………………………（251）
 孔子听乐曲讲治国之道…………………（253）
 郭子仪公而忘私的奉献…………………（254）
 刘晏克勤克俭只为公……………………（259）
 陆贽以天下之事为己任…………………（263）

刘温叟为官厚重方正……………………（267）

每事问……………………………………（272）

刘邦每事问成就伟业……………………（274）

袁崇焕保国战沙场………………………（275）

戚继光挺身驱逐倭寇……………………（279）

论 语

段秀实不畏权贵执法

唐朝大将郭子仪父子在平定叛乱的战争中屡立战功,被皇上封为左散骑常侍之职。一次,郭子仪的儿子郭晞率军驻扎在邠州,由于军令不严,营中一些将士常常跑出去骚扰百姓,横行街市。当地的节度使白孝德,由于害怕郭子仪父子的权势,也不敢出面查究。

段秀实过去是白孝德属下的判官,现在已升任泾州刺史。当他听到这件事后,十分气愤,立即找到白孝德,要求让他兼任节度使署的都虞侯,来处置这件事。

白孝德同意了段秀实的请求,他便把州里的公务交给长史代理,自己搬到邠州节度使衙门办公。

一天,郭晞的部下又结伙到集市上的酒馆里抢酒。段秀实听到报告,异常气愤,立刻带领役吏把

 论语

闹事的兵士捉住杀了。郭晞营中的士兵们听说后,拿起武器,准备进攻节度使署。段秀实一个人来到军营拦住士兵陈明利害,并说:"你们想杀官造反吗?"

郭晞听了,不禁汗流浃背,他扭头斥责左右:"统统解下甲胄,各自归队回营,有再敢喧哗闹事者,斩!"

见义不为

子张问:"十世①可知也?"子曰:殷因于夏礼,所损益可知也;周因②于殷礼,所损益③可知也。其或继周者,虽百世,可知也。"

子曰:"非其鬼④而祭之,谄⑤也。见义⑥不为,无勇⑦也。"

【注释】

①世：古时称 30 年为一世。也有的把"世"解释为朝代。

②因：因袭：沿用、继承。

③损益：减少和增加。

④鬼：这里泛指鬼神。

⑤谄：谄媚、阿谀。

⑥义：人应该做的事就是义。

⑦勇：就是果敢，勇敢。

【解释】

子张问孔子："十世以后（的礼仪制度）可以预先知道吗？"孔子回答说："商朝继承了夏朝的礼仪制度，所减少和所增加的内容是可以知道的；周朝又继承商朝的礼仪制度，所废除的和所增加的内容也是可以知道的。将来有继承周朝的，就是一百世以后的情况，也是可以预先知道的。"

孔子说："不是你应该祭的鬼神，你却去祭它，这就是谄媚。见到应该挺身而出的事情，却袖手旁

论 语

观,就是怯懦。"

【故事】

孔子志向远大老有所养

有一天,颜回和子路陪在孔子身边闲谈,孔子说:"你们何不谈谈自己的志向?"

子路是一个非常有豪侠之气的人,胸襟非常开阔,他豪迈地说:"我希望把自己的好东西都和朋友分享,就是用坏了也没有关系。"

颜回的性格比较温和且谨慎,他舒缓地说:"我希望有好的道德行为和成就,对于社会有善行和贡献,但我愿意不夸耀自己的长处,不表白自己的功劳。"

子路和颜回的回答是一文一武,志向不同。他们说完了,孔子听了以后,还没有说话,子路忍不住了，转而问孔子道："老师，我们愿意也听听老师您的志向。"

孔子说："我的志向是，让老人有所养而得到安逸，让朋友得到信任，让青年人得到关怀。"

法显艰苦跋涉取经学道

先秦时期形成的自强不息的民族精神，经过秦汉时期的发扬光大，激励着后世一代又一代有志之士。比如东晋时期的法显大师，他在人类还缺乏地理知识、交通条件又极为落后的情况下，为了取经，穿行亚洲大陆和南洋海路，充分体现了中华民族坚忍不拔的优秀品格。法显，姓龚，出生在一个虔诚的佛教家庭。他有3个哥哥都在童年夭亡，他的父母担心他也夭折，就在他才3岁的时候，就送他到佛寺当了小沙弥。

法显10岁时，父亲去世。他的叔父考虑到他的母亲寡居难以生活,便要他还俗。法显这时对佛教的信仰已非常虔诚,他对叔父说:"我本来不是因为有父亲而出家的,正是要远尘离俗才入了道。"

他的叔父也没有勉强他。不久,他的母亲也去世了,他回去办理完丧事仍即还寺。

法显20岁时受大戒,这是出家佛教徒成年后为防止身心过失而履行的一种仪式。从此,他对佛教信仰之心更加坚定,行为更加严谨,时有"志行明敏,仪轨整肃"之称誉。

法显受戒后,更加苦心研究佛经。随着学习的深入,他常慨叹律藏残缺,立下了前往天竺即现在印度求取佛法的志愿。

399年,65岁的法显不顾年老力衰,决定前往天竺取经求法和参访佛迹。因为他觉得自己已经年逾花

甲，如果再不完成夙愿，恐怕永远没有机会了。他就把自己的想法告诉了4位同修：慧景、道整、慧应、慧嵬，4人非常支持这个大胆的决定，并且表示愿意跟法显同行。法显大喜过望，稍做准备之后，5人就一起从长安出发，踏上了向西苦行的路途。

法显等一行5人离开长安，日夜西行，翻越了六盘山的南段陇山，来到了西秦地界。此时正是初夏时节，按照佛教徒的习俗，要停留下来坐雨安居。

雨安居结束后，法显等人继续赶路，经过南凉国，翻山越岭，于第二年暮春进入北凉王段业治下的张掖。法显在这里又遇到了佛教徒智严、慧简、僧韶、宝云、僧景、慧达。这6个人听说了西行求法的事，也很欢喜，表示想一同前去。

队伍又壮大了，法显非常开心。不过此时又到了夏季，于是11个人一起坐雨安居。坐完夏之后，法显的11人僧团离开张掖，经过酒泉来到敦煌。宝云等6人还想在敦煌停留些日子，去鸣沙山看凿石窟，于是11个和尚分成两拨，法显领着4个人先走了。

临行前，敦煌太守李暠给了他们充足的水和干

粮,并对法显说:"去西天的路艰险异常,这里向西不远,就有800里沙河,那里不但有恶鬼食人,还有热风吹人昏迷,明明看见有水草,人畜却被活活渴死,你此去可要多加小心,如果不能前行,就回敦煌来吧!"

法显道了谢,说道:"我在长安已经立下了宏愿,不到西天求得戒律决不回头。希望我们回来的时候再见吧!"

法显等人离开敦煌,走了近半个月,终于看见了渺茫可畏的沙河。这里流沙漫漫,极目苍黄,天上没有飞鸟,地上也没有走兽,没有水源,连一棵草木也不生长。法显没有皱眉头,几位僧人结伴向前走去。

走进沙河,才真正体会到旅途的艰苦。行人的两脚经常陷进沙里,走得很慢;沙河里的风时常卷着沙砾迎面打来,让人睁不开眼睛。随身携带的水和干粮吃完了,前面的黄沙还是漫无边际。

僧人们又干又渴,找不到水草,四顾茫茫,不辨方向。只有路上零星可见的古往今来堆积起的人畜骸骨,触目惊心地指示前进的路途。

法显一行跋涉了 17 天，才走出沙河，来到鄯善国。这里人原来住在楼兰古城，因为罗布泊干涸没水，这才被迫南迁，到了现今这个道路崎岖、土地贫瘠的地方定居。法显等人在这里停留了一个月，跟僧侣们交流学习了天竺语文。

离开鄯善，他们向西北方向走了 15 天，来到焉耆。法显等人川资路费已经花费罄尽，要留留不下，要走走不得，十分尴尬。于是智严、慧简、慧嵬自告奋勇，要前往东北方的高昌国化求盘费。

法显等两人在焉耆待了两个月，没等到智严，却等来了宝云等 6 人，大家重逢十分欢喜。又等了些时日，还是不见智严等回来。他们只好先行上路了。一行人，离开焉耆往西南方向行进。经过龟兹后，进入塔克拉玛干大沙漠腹地。

塔克拉玛干沙漠今天是世界上最大的流动性沙漠之一。这里气候干燥恶劣，寸草不生，沙漠里的风推动着 200 米高的沙丘缓慢移动，使旅途倍加艰难。就是年轻小伙子，遇到这般千里渺无人烟的景象也不免心惊，在里面走上一天也会叫苦不迭，可是年近古稀

 论语

的法显，却硬是带着僧人小队，咬着牙横穿大沙漠，历时35天。

走出沙漠之后，法显一行来到于阗。都城在今天新疆维吾尔自治区和田一带。于阗是当时西域佛教的一大中心，法显他们在这里观看了佛教"行像"仪式，住了3个月。

法显一行在于阗收获颇丰。随后继续西行，准备翻过葱岭。葱岭又叫"雪山"，今天被叫作"帕米尔高原"。葱岭海拔超过4千米，冬夏有雪，气候恶劣，地势险峻，亘古难行，而且经常发生雪崩。

法显的僧人小队不怕艰险，花了整整一个月的时间，才翻过葱岭，来到北天竺境内的陀历。

法显等人从陀历向西南方向行进，沿途是崇山峻岭，道路崎岖。山上除了石头寸草不生，往下望一望是万丈悬崖，令人心惊目眩。印度河在崖下奔流而过，水声雄浑，气势宏大。

从这里过河无舟无桥，只能沿着前人凿出来的700级狭窄的石阶，小心翼翼地贴着山崖前进。

走完梯级，就看到一根悬索通到80步外的河对

岸，要想过河，只有抓住绳索攀援过去。7个人一鼓作气，抓着晃晃悠悠的悬索，从波涛汹涌的印度河上凌空而过。

法显对和尚们说："释迦涅槃后300年，就有僧人背着经律从这里渡河而东，东方自此有了佛法。如今又过了400年，我们从这里渡河西去求取经律，这也是一种因缘啊！"

法显的7人小僧团渡过印度河，来到乌苌国境内。这时候已经是402年的春夏之交，也是法显远行的第四年了。法显准备在乌苌国坐雨安居，而慧景、道整、慧达听说西南方的那竭国有一处胜迹佛影窟，里面留有释迦牟尼的影子，心里向往不已，马上就想去看。于是这3个和尚再一次组成了先遣队，往那竭国先走了。

法显等4人在乌苌国雨安居结束后，准备继续南行。这时候，先到那竭国去的慧达返回弗楼沙。慧达、宝云、僧景也表了态，打算供养佛钵之后就回国去。慧应又得了急病，没过几天就不幸去世。

法显觉得很伤感，这是他西行以来感到最落寞无

助的时候。但他又没法放弃,慧景和道整在前方等着他。他默默收拾好行装,深吸一口气,一个人孤零零地朝那竭国进发了。

法显独自向西来到了那竭国的酰罗城。这里以供养着释迦牟尼佛的头顶骨而著称。法显在这里与慧景、道整会合。开春以后,3个人启程南下,走到了小雪山。

小雪山冬夏积雪,寒冷异常。他们爬到山的北阴,突然遇到寒风骤起,慧景受不住寒流的袭击被冻死了,法显抚摸着慧景的尸体,无限感慨地哭着说:"取经的愿望未实现,你却早死了,命也奈何!"

当初颇具规模的11人小队,死的死,回的回,离队的离队,如今只剩下法显和道整两人。两人互相帮扶着,经历了常人不能想象的艰难,翻过了雪山,到达罗夷国。又经跋那国,再渡新头河,到达毗荼国。接着走过了摩头罗国,渡过了蒲那河,进入中天竺境。

404年,法显二人来到了佛教的发祥地拘萨罗国舍卫城的祇洹精舍,在这里看到佛陀的遗迹。

法显一方面感动赞叹,另一方面又想到自己一行11名僧人,历经千辛万苦,游历诸国,有的远走他乡,有的半途折返,还有的无常坐化,再也不能亲眼看到此番庄严胜景,不由心生悲恸,默默垂泪。

　　法显和道整从舍卫国继续东行,先后游历了佛陀的祖国迦毗罗卫城以及佛教的圣迹。

　　后来进入天竺,遍历中天竺,参观了鹿野苑后,辗转来到巴连弗城,此时两人已跋涉近2万里,游走近6年。

　　法显在巴连弗停留了3年,专心学习梵文梵语,抄写律论经典。3年过去了,法显准备启程回国。

　　这时候,道整对法显说:"此地法度齐备,僧众仪范可观,相比之下,汉土戒律残缺,僧徒修持难得要领。我已下了决心留在此处,从今往后直至证道,我愿生生世世不再生在法外边远之地!"

　　法显说:"我又何尝不想留在天竺,证道成佛呢?但是我们当初离开故乡来到这里,就是为了取得戒律回国,让僧戒流传汉土,让佛法发扬光大。你留在这里也好,我就一个人回国去吧!"

论语

法显准备好行装，带好抄得的典籍，告别了道整和巴连弗的僧人，独自踏上了回国的行程。

法显顺着恒河东下，经过瞻波国，又向南来到多摩梨帝国。这里佛法也很兴盛，法显在这里写经画像，住了两年。之后，他搭乘商船，在南亚初冬由东北向西南的信风吹送下，经14昼夜来到狮子国。

法显在狮子国停留了两年。有一次，法显在无畏山精舍看到商人用一把祖国产的白绢团扇供佛，他捧着扇子老泪纵横：他已经离开故国12年，当初跟他同行的伙伴们或死或分，如今剩了他一个；所见的山川草木跟故乡完全不同，他已经很久没有讲汉语了。

法显那么想念祖国，那么想念长安，想念吕梁山，想念汾河，想念宽面，想念滩枣，想念无数次出现在梦里的故乡人。他决定动身回国。

411年农历八月，法显完成了取经求法的任务，坐上商人的大船，循海东归。船行不久，即遇暴风，船破水入。幸遇一岛，补好漏处又前行。

就这样，在危难中漂泊了100多天，到达了耶婆提国，即现在的印度尼西亚的苏门答腊岛，一说爪哇

岛。法显在这里住了5个月，又转乘另一艘商船向广州进发。

不料行程中又遇大风，船失方向，随风漂流。正在船上粮水将尽之时，忽然到了岸边。法显上岸询问猎人，方知这里是青州长广郡的崂山。时为412年的夏季。

法显65岁出游，前后共走了30余国，历经13年，回到祖国时已经78岁了。在这13年中，他跋山涉水，经历了人们难以想象的艰辛。正如他后来所说的：

顾寻所经，不觉心动汗流！

他在临终前的7年多时间里，一直紧张艰苦地进行着翻译经典的工作，共译出了经典6部63卷。他翻译的《摩诃僧祇律》，也叫"大众律"，为五大佛教戒律之一，对后来的我国佛教界产生了深远的影响。

法显还将自己西行取经的见闻写成了一部不朽的

世界名著《佛国记》，在世界学术史上占据着重要的地位，是研究当时西域和印度历史的极为重要的史料。

法显以年过花甲的高龄，完成了穿行亚洲大陆又经南洋海路归国的远途陆海旅行的惊人壮举，他留下的杰作《佛国记》，不仅在佛教界受到称誉，而且也得到了中外学者的高度评价。

玄奘历尽艰险取佛经

随着唐宋时期三教思想的进一步融合，促使人们向往真理，追求真知。唐代高僧玄奘为求佛法从京都长安出发，历经艰难抵达天竺，游学于天竺各地。成为一位勇敢的中外文化交流的使者。

玄奘，俗名陈祎，唐代洛州缑县人，即现在的河南偃师。他的家族本是儒学世家。为东汉时期名臣陈寔的后代，曾祖陈钦曾任东魏上党太守，祖父陈康为北齐国子博士,父亲陈惠在隋代初期曾任江陵县令,大业末年辞官隐居,此后潜心儒学修养。

玄奘幼年即受家教的影响,当时他的家境十分贫寒,11 岁就出家当了和尚,熟读《妙法莲华经》、《维摩诘经》。13 岁时洛阳度僧,被破格入选。其后听景法师讲《涅槃》,从严法师学《摄论》,升座复述,分析详尽,博得大众的钦敬。

玄奘 32 岁的时候到长安大慈恩寺度僧,被破格入选,拜名僧为师,深入钻研佛教各派经典。

有一天,天竺国一位高僧来到长安讲经,介绍天竺的那烂陀寺有位戒贤法师很有学问,对佛教各派学说都有精深研究。玄奘决心去天竺向戒贤法师学习。

玄奘 34 岁的时候,只身一人离开长安,踏上了去天竺的路。当时的交通很不方便,到天竺的路途又非常遥远,艰难险阻数不胜数。

玄奘离开长安,到了瓜州,先是被李昌捉住,后因李昌是信佛之人,所以把玄奘放了。

玄奘被放之后,去一座庙里求佛。在这里他偶然遇到一名胡人,名叫石磐陀,希望请高僧为他受戒,

论 语

让他成为居士,于是就请玄奘帮他受戒。当他得知玄奘要远赴印度求法,心中十分敬仰,发誓要帮助玄奘,随师父前往印度。

但经过几天的日夜兼程,石磐陀担心玄奘在途中被山贼抓去而把他供出来,担心惹来杀身之祸,由此他竟产生了杀师叛逃的恶念。

这天夜晚,玄奘刚躺下睡觉,发觉有人正向他走来,定睛一看,正是石磐陀。石磐陀抽出刀,向他逼近,走过来,又返回,又走过来,又返回。

玄奘知道他已经动了杀机。此刻,不论是厉声斥责,还是乞求饶命,都会激起石磐陀的杀心。于是玄奘静静地坐着,闭目不视。见此情景,石磐陀竟不敢下手,徘徊良久,终于还刀入鞘。

至第二天早晨,石磐陀终于向玄奘承认了错误。于是玄奘送石磐陀一匹骏马,自己带着一匹瘦老的马继续西行。

玄奘在西行的路上,路过龟兹,被当地盛情招待。事后,玄奘去拜见当地地位最高的法师木叉麴多。由于木叉麴多有点看不起玄奘,所以处处轻蔑,

还说玄奘的西行取经是多此一举。于是，在木叉鞠多的神奇庙里举行了一次辩经。

由于木叉鞠多处处狂妄自大，最后惨败给玄奘。经过这件事后，木叉鞠多再见到玄奘不敢再坐着，都是站着和玄奘说话，以表示尊重。

在西行途中，有一天玄奘走进了大沙漠。这里一片茫茫，上不见飞鸟，下不见走兽，有时一阵旋风，卷起满天沙土，像暴雨一样落下来。走了一天，他感到十分疲劳，就下马歇息，取下挂在马鞍上的皮囊想喝口水。不料，一时不小心，皮囊掉到了地上。

仅有的一皮囊水全洒在了沙漠里，他十分懊悔。于是，决定回去取水，拨转马头，向东走了10多里路。这时，他想起出发前立下誓言：不到天竺决不向东后退一步！现在怎能因水而东退呢？他又立即调转马头，继续向西北行进。

玄奘在沙漠里接连走了四夜五天，没有一点水喝，口渴得像火烧一样，终于支持不住昏倒在沙漠上。至第五天半夜，天边起了凉风，把玄奘吹得清醒过来。他站起来，牵着马又走了10多里，发现一片

论 语

草地和一个池塘。

有了水草,人和马才摆脱绝境。又走了两天,终于走出大沙漠。经过伊吾,到了高昌。高昌王麴文泰遣使迎候,高昌王由侍人陪同,亲自迎接玄奘入后院,住一重阁宝帐之中,王妃与数十名侍女皆来膜拜。

麴文泰又命年逾80岁的国统王法师规劝玄奘留住,但玄奘没有同意,说道:

我来到此地是为西行求法,今天受到你的阻碍,大王只可留下我的尸骨,我求法的意志和决心,大王是留不住的。

以后便绝食3天以示抗议。

麴文泰被玄奘西行求法的决心所感动,只好放他西行。麴文泰还要求玄奘从印返国路过高昌国时,留住3年,受王供养。还要求现在讲《仁王经》一个月,玄奘一一答应。

玄奘离开使他备受敬重的高昌,又踏上了万里征

途，历经艰辛，踏过20多个国家的国土，经过一年的时间，终于到达了北印的滥波国。

玄奘用了4年时间，行程5万里，沿途拜访了16个国家的名僧求法。终于到了北天竺摩揭陀国的那烂陀寺。

那烂陀寺有僧众1万多人。其中通晓经论20部的只有1000多人，通晓30部经论的只有500人，通晓50部的连玄奘在内只有10人。全部通晓的只有著名的佛学大师戒贤法师一人。

玄奘拜印度戒贤法师为师，学习《瑜伽师地论》。戒贤法师虽然年事已高，多年不讲经了，可是却特地为玄奘开讲，一连讲了15个月。玄奘起早贪黑，刻苦钻研了5年，终于通晓了全部经论，掌握了天竺佛学的要义，成了很有学问的佛学大师。

玄奘并没有就此满足。他又到印度的其他一些国家继续学习，学识更加渊博。

天竺是佛教的发源地，有很多佛教古迹。玄奘在天竺游历各地，朝拜圣迹，向高僧学经。

有一次，他在乘船渡恒河的时候，碰到一群强

盗。他们迷信妖神,每年秋天都要杀个人祭神。船中的强盗看中玄奘,要把他杀了祭神,玄奘再三向他们解释也没有用,只好闭着眼睛念起经来。

说也凑巧,这时正好起了一阵狂风,河里浊浪汹涌,差一点打翻了船。强盗害怕起来,赶快跪下忏悔,把玄奘放了。这件事很快传开了,当地的人都还认为玄奘真有什么佛法保护呢!

经过6年的学习后,玄奘又回到了那烂陀寺。戒贤法师叫玄奘主持讲席,给全寺僧众讲经。摩揭陀国的戒日王是个笃信佛教的国王,听到玄奘的名声,很是钦佩。

642年12月,戒日王在他的国都曲女城举行了5年一度的无遮大会。参加会议的有印度18个国家的国王,熟悉佛教教义的3000多僧人,那烂陀寺的1000多僧人,还有很多其他方面人士。这是印度文化史上一次有名的盛会。

一天,有个婆罗门教徒,写了40条经文,挂在那烂陀寺门口,高傲地宣称:"如果有人能破我一条,我甘愿把头砍下来认输。"几天过去了,没有一个人敢和他辩论。

这时，戒日王请求玄奘出来驳斥那个异教徒。玄奘叫人把寺院门口所挂的40条经文取下来，请戒贤法师等做见证人，把那个婆罗门教徒驳得哑口无言，只好低头认输，请求履行前言。

玄奘笑着说："佛门弟子是不杀人的。你就留在我身边做杂务吧！"这个婆罗门教徒高兴地顺从了玄奘。

经过这件事，大家一致推举玄奘为论主，即主讲人。玄奘在大会上宣讲了他的佛学论文，并由人抄写一本，悬挂在会场门口，供大家讨论。会议开了18天，无一人提出疑问。对玄奘都很佩服，公认他是第一流的佛学学者、大师，并被大乘尊为"大乘天"，被小乘尊为"解脱天"。

散会那天，按照印度的传统，戒日王请玄奘骑上装饰华丽的大象游行一周，表示对他的尊敬。从此，唐僧玄奘的名声传遍了印度。

玄奘在会后准备归国。消传开以后，戒日王千方百计地挽留他。迦摩缕波国的鸠摩罗王也表示，只要

他留在印度，要为他造100座寺院，这些优厚待遇没有动摇他回国的决心。

645年，50岁的玄奘带着600多部佛经，回到了阔别10多年的长安，人们欢迎他的归来。史载当时"道俗奔迎，倾都罢市"。

不久，唐太宗接见并劝其还俗出仕，玄奘婉言辞谢。尔后留长安弘福寺译经，由朝廷供给所需，并召各地名僧20余人助译，分任证义、缀文、正字、证梵等职，组成了完备的译场。

此后，玄奘译出多卷佛经，其中包括他自己口述、由弟子辩机笔受完成《大唐西域记》。在这本书里，他把亲自到过的100多个国家和听到过的28个国家的地理情况、风俗习惯记载下来，成为重要的历史和地理著作。玄奘一生共译佛教经论75部1335

卷，无论是翻译数量，还是质量，都是空前的。

玄奘回国后，和印度名僧一直保持着联系，中印度摩珂菩提寺的智光、慧天等曾经致信玄奘，称他为"摩珂支那国于无量经律论妙尽精微木叉阿遮利耶"，间谓"善解诸经律论的中国大师"。

由于玄奘取经这件事本身带有传奇色彩，后来，在民间流传了许多关于唐僧取经的神话，说他取经路上，遇到许多妖魔精怪，这当然是虚构出来的。比如明代小说家吴承恩的神话小说《西游记》里面的故事，跟真正的玄奘取经事迹已经离得很远了。

千百年来，玄奘历尽千辛万苦，舍身求法的精神，孜孜不倦为中外文化交流献身的精神，一直受到人们的崇敬和传颂。

鉴真百折不挠东渡日本

唐代域外求经的佛教人物除了玄奘外，鉴真法师数次东渡日本，其所体现的既定目标，坚定信仰，一

往无前,百折不挠,视死如归的伟大精神,同样诠释了中华民族的道德理想。

鉴真,俗姓淳于,唐代扬州人。鉴真14岁时,有一次他随父亲到大云寺拜佛,为佛像庄重、慈祥的造型所感动,随即向父亲提出要求出家为僧。

父亲见他心诚志坚,在征得智满禅师的同意后,鉴真在大云寺出了家,从著名僧人道岸禅师受戒。从此鉴真成了他的法名。

鉴真刚刚遁入空门时,寺里的住持让他做个谁都不愿做的行脚僧。每天他都很勤奋地做着住持交给他的工作,已经两年了他每天如此,从来没有一次让住持对他的工作觉得不满意。

但鉴真一直想不明白,认为自己很委屈,觉得住持分配得一点都不公平。

有一天,已日上三竿了,鉴真依旧大睡不起。住持很奇怪，推开鉴真的房门，只见床边堆了一大堆破破烂烂的瓦鞋。住持很奇怪，于是叫醒鉴真问："你今天不外出化缘，堆这么一堆破瓦鞋干什么？"

鉴真打了个哈欠说："别人一年都穿不破一双瓦鞋，我刚剃度一年多，就穿烂了这么多的鞋子。"

住持一听就明白了，微微一笑说："昨天夜里刚落了一场雨，你随我到寺前的路上走走吧！"

寺前是一座黄土坡，由于刚下过雨，路面泥泞不堪。住持拍着鉴真的肩膀说："你是愿意做一天和尚撞一天钟，还是想做一个能光大佛法的名僧？"

鉴真回答说："当然想做光大佛法的名僧。"

住持捻须一笑接着问："你昨天是否在这条路上走过？"

鉴真说："当然。"

住持问："你能找到自己的脚印吗？"

鉴真十分不解地说："我每天走的路都是又干又硬，哪里能找到自己的脚印？"

住持又笑笑说："今天再在这路上走一趟，你能找到你的脚印吗？"

鉴真说:"当然能了。"

住持笑着没有再说话,只是看着鉴真。鉴真愣了一下,然后马上明白了住持的教诲,开悟了。

经过两年的刻苦学习后,鉴真随道岸禅师来到佛教最盛的洛阳、长安游学。22岁时,在长安名刹实际寺从高僧弘景,顺利地通过了具足戒。

鉴真在文纲、道岸、弘景等律宗传人的影响下,对戒律的研究逐渐精熟并开始讲佛布道。他以青年人特有的热情,巡游佛迹,苦读《四分律行事钞》、《四分律疏》等经典,并先后从西京禅定寺义威、西明寺远智、东京授记寺金修、慧策、西京观音寺大亮听讲《律钞》等。

由于鉴真聪明好学,矢志不移,很快成为文纲、道岸、弘景之后律宗的后起之秀。在西京学习时,鉴真不仅融合佛教各家如法相、天台等宗所长,形成了自己的独立见解,而且对其他方面的知识也广泛涉猎和研究。

713年,26岁的鉴真回到扬州,为大明寺的大师。他从事佛事活动,由于学识和道德高尚,声名与日俱增，以至于成为这一地区的佛教"宗首"。

鉴真不仅讲佛写经、剃度僧尼、修寺造佛，而且还从事救济贫病、教养三宝等活动。当他45岁时，由他传戒的门徒达4万多人，成为江北淮南地区"独秀无伦，道俗归心"的著名高僧，江淮间尊为"受戒大师"。

在当时，日本佛教戒律不完备，僧人不能按照律仪受戒。733年，日本僧人普照等人随遣唐使入唐代朝廷，邀请高僧去传授戒律。他们访求10年，决定邀请鉴真。

742年，鉴真毅然应请，决心东渡。鉴真及弟子21人，连同4名日本僧人，到扬州附近的东河既济寺造船，准备东渡。当时日本僧人中持有宰相的公函，因此地方官也加以援助。

不料有人诬告鉴真一行造船是与海盗勾结，准备攻打扬州。当时海盗猖獗，淮南采访使班景倩闻讯大惊，派人拘禁了所有僧众，虽然很快放出，但是勒令日本僧人立刻回国，第一次东渡就此夭折。

744年1月，鉴真做了周密筹备后，带了共100

余人再次出发。结果尚未出海,便在长江口的狼沟浦遇风浪沉船。船修好后刚一出海,又遭大风,飘至舟山群岛一小岛,5天后众人方被救,转送明州阿育王寺安顿。

开春之后,越州、杭州、湖州、宣州各地寺院皆邀请鉴真前去讲法,第二次东渡遂结束。

结束了巡回讲法之后,鉴真回到了阿育王寺,准备再次东渡。此事为越州僧人得知,为挽留鉴真,他们向官府控告日本僧人潜藏中国,目的是让鉴真去日本。第三次东渡就此作罢。

江浙一带既然不便出海,鉴真于是决定从福州买船出海,率30余人从阿育王寺出发。但刚走到温州,便被截住。原来鉴真留在大明寺的弟子灵佑担心师父安危,苦求扬州官府阻拦,淮南采访使遂派人将鉴真一行截回扬州。第四次东渡不了了之。

前4次的失败,并没有改变鉴真的初衷。他在扬州继续准备东渡物资。748年6月27日,东渡日本的队伍又出发了。由于逆风,船在海岸附近停留了近3个月,大家都急坏了,老天爷怎么对传法如此磨难!

一天，鉴真对大家说："昨夜，我梦见3个官人模样的人，一个穿红，两个穿绿，站在岸上向咱们作揖告别，这定是国神。想来这次渡海该成功啦！"

过了一会，果然刮起了顺风。船上的僧众齐齐跪下来，面朝西方，泪水纵横，因为不知道什么时候才能回到故乡了。

船离岸越来越远了。傍晚时分，突然刮起大风，大海顿时像开了锅一般，白沫乱滚，风声夹着涛声，仿佛水底有千百个水怪在咆哮，海水黑得如同墨汁。船一会儿被抛上浪尖，一会儿被摔入浪谷。船上的人慌得晕头转向，僧人们断断续续念起《观音经》来。

"船要沉啦，快把货物扔下海！"船夫忽然大声喊道。

有些僧人死死抱紧箱笼，说："这都是法器，比性命还重要！"

"现在还有什么比命更紧要的！快扔！"船夫急了。几个水手抱起栈香笼就要往海里扔。

正在这时，空中传来一个声音："莫抛！莫抛！"这声音一时压过了风浪声。船夫吃了一惊，马上把栈

论 语

香笼放下来。

鉴真喊道:"大家不必惊慌,菩萨一定会帮助咱们渡过险境!"

第二天,风浪平静了许多,船又继续航行。第三天,船飘到了蛇海。几尺长的海蛇,或青色,或红色,在船四周闪电般地游动,十分骇人。过了蛇海,又进了飞鱼海。成尺长的鱼时不时成群跃出海面,在天空中闪烁着银光,让僧人们看得眼花缭乱。不久又到了飞鸟海,一群群巨鸟在海面上飞翔,鸟群倒不怕人,时时落到船上歇脚,几乎把船压沉。

隔了两天,风又大起来了。全船的僧人个个吐得翻肠倒肚,昏昏沉沉,躺在舱板上。只有普照还能走动,每天给大家发些生米充饥。但船上的淡水用光了,海水苦涩,根本不能下肚。大家嚼着生米,痛苦不堪,因为咽喉干涸,米咽不下,也吐不出来。

鉴真也躺在舱板上,鼓励道:"好事多磨,大家要坚持啊!"然后努力地咽着生米粒。这时候,海里不知哪里游来4条金灿灿的大鱼,围着船转圈。大家正在惊讶,风就停息了,天空显得格外明净,鱼也不见了。

第二天，船靠上一个海岛，船上的人都拥到岛上找水，结果发现了一个水潭，众人敞开肚皮喝了个饱，又把所有能盛水的东西盛满水带回船上。

这时，已经是冬天了，可这岛上却一片葱茏，满树花果，气候宛如夏天。原来，鉴真他们辛苦了半年，并未去到日本，而是飘到了海南岛，离日本更加遥远了。

虽然当地的地方官是个佛徒，极力挽留鉴真，但鉴真仍不放弃东渡的念头，地方官只好派人护送他回大陆。第五次东渡结束。

由于鉴真的游历遍于半个中国，因此声名大噪。753年，日本遣唐使藤原清河、吉备真备、晁衡等人来到扬州，再次恳请鉴真同他们一道东渡。

当时唐玄宗崇信道教，意欲派道士去日本，为日本拒绝，因此不许鉴真出海。鉴真就秘密乘船至苏州黄泗浦，转搭遣唐使大船。随行人24人，其中僧尼17人。11月16日，船队扬帆出海，此时，普照也从余姚赶来。

753年11月21日,鉴真所乘舟与晁衡乘舟失散,12月6日剩余两舟一舟触礁,12月20日,抵达日本萨摩。第六次东渡终于成功。

鉴真一行前后历时12年,6次启行,5次失败,航海3次,几经绝境。先后有36人死于海难和伤病,200余人退出东渡行列。只有鉴真笃志不移,百折不挠,终于实现了毕生的宏愿。

鉴真来到日本的消息,引起了日本朝野的极大震动。鉴真受到日本朝野的盛大欢迎。他被圣武天皇委任为大僧纲,掌握传律的大权,成为日本律宗的开山祖师。

鉴真除讲授佛经,还详细介绍我国的医药、建筑、雕塑、文学、书法、绘画等技术知识,对中日经济文化交流做出了杰出贡献。

鉴真大师东渡是一座历史丰碑。他不仅被他那种为把大唐文化传播到日本,不畏艰辛精神所折服,而且为宣扬佛法永不放弃的信念所震撼,终成为一代家喻户晓的宗师受万人敬仰。

苦难成就的诗圣杜甫

唐宋时期的文化重构,在文学领域的反映或许最为鲜明。比如像杜甫这样的人,面对惨淡的人生,不逃不避,敢于直面,这是他最大的精神力量,并用这种力量来写他的作品,使得他的诗歌具有令人警醒的艺术魅力。

杜甫出身于一个具有悠久传统的官僚世家,家庭给予杜甫正统的儒家文化教养,树立了务必要在仕途上有所作为的雄心。

杜甫早慧,据称7岁便能写诗,十四五岁时便"出游翰墨场",与文士们交游酬唱。20岁以后的10余年中,杜甫过着漫游的生活。这既

是为了增长阅历，也是为了交结名流、张扬声名，为日后的仕途做准备。

杜甫先到了吴越一带，江南景物和文化给他留下很深刻的印象。24 岁时，杜甫赴洛阳考试，未能及第，又浪游齐、赵，度过一段狂放的生活。

杜甫 35 岁左右来到长安求取官职。开始他满怀信心，但滞留 10 年却一再碰壁。这可能是因为他的家庭背景已不够有力，而把持权柄的李林甫等人，又对引进人才采取阻碍的态度。

由于杜甫在到长安不久之后，父亲就去世了，因此他的生活变得艰难起来。为了生存，为了求官做，杜甫不得不奔走于权贵门下，作诗投赠，希望得到他们的引荐。

此外，他还多次向唐玄宗献赋，指望唐玄宗对他的文才投以青睐。种种努力的结果，是到"安史之乱"的前夕才获得右卫率府胄曹参军这样一个卑微的官职。

"安史之乱"爆发后，杜甫一度被困于叛军占据下的长安。后来只身逃出，投奔驻在凤翔的唐肃宗，被任为左拾遗。左拾遗是一个从八品的谏官,地位虽不高,却是杜甫仅有的一次在朝廷任职的经历。但不久就因上疏申救房琯的罢相而触怒唐肃宗,后于乾元初被贬斥为华州司功参军。

由于战乱和饥荒,杜甫无法养活他的家庭,加之对仕途的失望,在759年丢弃了官职,进入在当时尚为安定富足的蜀中。从"安史之乱"爆发到杜甫入川的4年,整个国家处在剧烈的震荡中,王朝倾危,人民大量死亡,杜甫本人的生活也充满危险和困苦。

杜甫的诗歌创作,因了血与泪的滋养,达到了巅峰状态。如《月夜》、《兵车行》以及《三吏》、《三别》等大量传世名篇,从诗人浸满忧患的笔下不绝涌出。杜甫自幼接受儒家正统文化的熏陶,把贵德行、重名节、循礼法视为基本的人生准则。但他也并不是完全变成了另外一个人,变成了纯粹的恂恂君子。

杜甫滞留长安及漂泊西南时期,常常不得不寄人篱下,仰仗权势者的济助,成为一名失业者、乞食者,怎么能不深感痛苦呢?

事实上,杜诗中那种对于国家和社会的关切,固

然是出于真情,但也未免没有在自觉的忙忙碌碌、于世无益中,存在精神上的自我提升、自我拯救的挣扎。对人生信仰、政治理想的执著,是杜甫个性的一大特征。

后代有人说杜甫是"村夫子",杜甫诗中也自称"乾坤一腐儒",都是就这一种执著态度而言。所谓"致君尧舜",所谓"忧民爱物",这些儒家的政治观念,在很多人只是一种空谈、一种标榜,杜甫却是真心地相信和实行它。

儒者本该有"穷则独善其身,达则兼济天下"的进退之路,而杜甫却不愿如此,他是不管穷富,都要以天下为念。甚至,越是社会崩溃昏乱,他越是要宣扬自己的政治理想。杜甫的这种执著态度,在当年实际的政治生活中未必有什么用处,对于诗人来说却是重要的。

杜甫早期作品留存数量很少。这些诗篇和时代的风气相一致,充满自信,带有英雄主义的倾向。随着杜甫渐渐深入到苦难的现实,他的诗也变得沉重起来。但早期诗歌那种气势壮阔的特点,仍然保留着。

《兵车行》的创作标志着杜甫诗歌的转变，由此形成并基本上贯穿了杜甫此后一生诗歌创作。其在思想内容方面的主要特征有4点：严肃的写实精神；在忠诚于唐王朝和君主的前提下，对腐朽现象给予严厉批判；对民生疾苦的深厚同情；对国家与民族命运的深沉忧念。

《兵车行》的开头是一幅悲惨的图景：

> 车辚辚，马萧萧，
> 行人弓箭各在腰。
> 耶娘妻子走相送，
> 尘埃不见咸阳桥。
> 牵衣顿足拦道哭，
> 哭声直上干云霄。

接着把批判的锋芒指向好大喜功的执政者：

> 边庭流血成海水，
> 武皇开边意未已！

诗中继续写到战争导致国内生产力的衰减:"君不闻汉家山东二百州,千村万落生荆杞,纵有健妇把锄犁,禾生陇亩无东西。"最后借想象为那些无辜的死者发出悲愤的哭喊:"君不见青海头,古来白骨无人收。新鬼烦冤旧鬼哭,天阴雨湿声啾啾!"

在唐诗中,如此严肃地正视现实、具有深刻的批判精神的作品,以前还没有过。在杜甫的思想中,合理的政治应当表现为当政者与人民之间的和谐:君主应当爱护人民,使之安居乐业,而人民则理所当然地应该忠诚和拥戴君主。

杜甫作为一个诚实的诗人,在严肃地面对现实时,不能不为此感到困苦。他的名篇《三吏》、《三别》就是很好的例子。

759年6月,杜甫被贬为华州司功参军。同年冬,从华州赴洛阳探亲。次年离开洛阳,回华州任所,途经新安、潼关、石壕等地,目睹战争给百姓造成的巨大灾难,特别是征丁抓夫的惨状,写了《新安吏》、《潼关吏》、《石壕吏》、《新婚别》、《垂老别》、《无家别》这6首诗。

杜甫"忧国",不回避眼见的事实;"忧民",不背弃唐王朝的根本利益,因此只能在尖锐的矛盾中寻找折中的途径。而这种折中又是很勉强的,这使诗中表现出的情绪显得非常痛苦。

其实,作为封建时代的诗人,能够如此严肃地正视现实,关怀人民,已是难能可贵。《兵车行》和《三吏》、《三别》那样细致描述的作品已经很少再有了,但以高度概括的诗歌语言所揭示的事实,却别有一种震撼人心的力量。

在长期的封建社会中,杜甫之所以能够获得"诗圣"这样一个带有浓厚道德意味的尊称,也是有其深刻的原因的。

时代的苦难被杜甫以焦虑和愤怒的心情一一记录在诗中。但他对现实只能苦苦地告诫那些做官的朋友廉洁、爱民,期盼皇帝的贤明能减征赋,务农息战。这些无奈的、固执的哀告,说出了受尽苦难的广大民众的心愿。

杜甫不只是一个时代的观察者、记录者,他本身的遭遇是同时代的苦难纠结在一起的。人们从他的诗

篇中，可以清楚地看到这位诚实的、富于正义感和同情心的诗人，如何辗转挣扎于漂泊的旅途，历经饥寒困危，备尝忧患。对于生活在动乱时代的人们，这一类诗格外具有感染力。

如《月夜》，是杜甫在"安史之乱"爆发后困居长安时所作，抒发了诗人对被战火阻隔的妻子的怀念："今夜鄜州月，闺中只独看。遥怜小儿女，未解忆长安。香雾云鬟湿，清辉玉臂寒。何时倚虚幌，双照泪痕干！"

当他逃至凤翔后，有了机会去鄜州探家时，又写出他的名篇《羌村三首》，其中的第一首说：

峥嵘赤云西，日脚下平地。
柴门鸟雀噪，归客千里至。
妻孥怪我在，惊定还拭泪。
世乱遭飘荡，生还偶然遂。
邻人满墙头，感叹亦歔欷。
夜阑更秉烛，相对如梦寐。

诗中呈现一幅戏剧性的异常感人的场面。在那一场突发的大战乱中，家破人亡是寻常事情，骨肉重聚反而似乎是不可思议的了。

杜甫以准确生动的语言，把他们一家人重新相见时，彼此如在梦中、亦惊亦悲亦喜的复杂心情清晰地呈现出来，可谓感人至深。千百年来，它不知引发了多少人内心的共鸣。

正是因为个人的命运同时代的苦难纠结在一起，富于同情心和社会责任感的杜甫，常常从自身的遭遇联想到更多的人、更普遍的社会问题。这种宽广的胸怀，是值得后人钦佩的。

杜甫的诗歌自古以来就有"诗史"的美誉，但杜甫其实并非有意于史。他的那些具有历史纪实性的诗篇以及那些记述自身经历而折射出历史面目的诗篇，乃是他的生命与历史相随而饱经忧患的结晶，是浸透着他个人的辛酸血泪的。

杜甫具有强健的人格筋骨，经得起炎凉的摔打，受得了家国破碎的痛击，以悲痛为华章，写长歌以当哭，赢得了千秋万代的美名，无人能望其项背，无人

论 语

不赞其坚韧，堪称忧国忧民和直面苦难的人格理想的典范。

苏轼超然物外的追求

苏轼在历史文化长廊中是一个丰碑级的人物，他一生辗转大半个中国，屡遭贬谪，却能"达则兼济天下，穷则独善其身"，可谓"一蓑烟雨任平生"。

苏轼胸襟开阔，既能超然物外，又能自强不息，其高尚的品德，极具感召力，令人叹为观止。

苏轼是北宋眉山人，就是现在的四川眉山。苏轼

的父亲苏洵,就是《三字经》里提到的"二十七,始发奋"的"苏老泉"。苏洵发奋虽晚,但用功甚勤。苏轼少年时代,就深受其父儒家思想的濡染,怀有经世济民,致君尧舜的抱负和积极入世的精神。

苏轼怀有儒家"奋厉有当世志",同时也接受了道、佛思想的熏染。其父苏洵和云门宗圆通居讷关系密切,苏轼少年在蜀中时就同成都大雅大师惟度、宝月大师惟简郊游。

正是基于胸怀天下、兼收并蓄的可贵之处,加之勤奋好学、扎实严谨,苏轼的各方面才能日渐累积。

功夫不负有心人。1056年,21岁的苏轼跟随父亲披坚执锐、夺关斩将,在吏部考试中以600字的《刑赏忠厚之至论》赢得第二。随后又顺利通过所有考试,进士及第。当时文坛领袖欧阳修赞誉说:

> 此人可谓善读书、善用书,他日文章必独步天下。

苏轼30岁时还京,差判登闻鼓院,又授直史馆。

论　语

当时正值王安石变法，苏轼也有志于改变北宋时期积贫积弱的现状，但反对"求知过急"，结果引起革新派的排挤。为远身避祸，苏轼要求外任。

他先后出任杭州通判，密州、徐州、湖州知州。八九年间，苏轼虽辗转迁徙，但每到一处都兴修水利，赈济灾民，减免租税，体察民间疾苦，可谓勤政爱民，尽心职守。

在这期间，苏轼的作品无论在内容上，还是在艺术方面都有了进一步的提升。他笔下的西湖多姿多彩，波光粼粼的晴天那么美妙，就是濛濛雨雾中的西湖都那么动人："水光潋滟晴方好，山色空蒙雨亦奇。欲把西湖比西子，淡妆浓抹总相宜。"

苏轼在密州写的最著名的作品莫过于《江城子·密州出猎》、《水调歌头·丙辰中秋》等。

《江城子·密州出猎》写道：

老夫聊发少年狂，左牵黄，
右擎苍，锦帽貂裘，千骑卷平冈。
为报倾城随太守，亲射虎，看孙郎。

46

酒酣胸胆尚开张。鬓微霜,又何妨!

持节云中,何日遣冯唐?

会挽雕弓如满月,西北望,射天狼。

此作是千古传诵的苏轼"豪放派"代表词作之一。词中写出猎之行,抒兴国安邦之志,拓展了词境,提高了词品,扩大了词的题材范围,为词的创作开创了崭新的道路。

作品融叙事、言志、用典为一体,调动各种艺术手段形成豪放风格,多角度、多层次地从行动和心理上表现了作者宝刀未老、志在千里的英风与豪气。

同时,这首词既表现了诗人跃马扬鞭、叱咤风云的英雄气概,也抒发了他要报效祖国、建功立业的志向,爱国激情,慷慨激昂。

《水调歌头·丙辰中秋》写道:"明月几时有?把酒问青天。不知天上宫阙,今夕是何年。我欲乘风归去,又恐琼楼玉宇,高处不胜寒。起舞弄清影,何似在人间?

"转朱阁,低绮户,照无眠。不应有恨,何事长向别时圆？人有悲欢离合，月有阴晴圆缺，此事古难全。但愿人长久，千里共婵娟。"

此篇构思奇拔，蹊径独辟，情韵兼胜，境界壮美，极富浪漫主义色彩，是历来公认的中秋词中的绝唱。此词全篇皆是佳句，典型地体现出苏轼词作清雄旷达的风格。

诗词文赋造就了苏轼的伟大，也带来了灾祸。1079年，苏轼刚调任湖州不久就因"乌台诗案"再次被贬黄州。

在当时，苏轼因为反对新法，并在自己的诗文中表露了对新政的不满。由于他当时是文坛的领袖，可以任由诗词在社会上传播，这对新政的推行很不利。所以在宋神宗的默许下，苏轼被抓进乌台，每天被逼要交代他以前写的诗的由来和词句中典故的出处。而苏轼对大部分指控并不掩饰，都坦白承认在诗中批评新政。

由于北宋时期当时有不杀士大夫的惯例，所以苏轼免于一死，但被贬为黄州团练副使。面对新的打击，如何平衡儒家思想和佛老思想在他世界观中的矛盾呢？苏轼开始以超然的态度重新审视现实和自己。

苏轼虽然在政治上屡受挫折，但却始终没有走向消极颓废。在困顿的黄州期间，他不仅没有忘记承担人生的责任和义务，而且适时地调整了生活方式，成功地实现了人生价值，人生追求的蜕变。

在黄州期间，刚开始时由于政治上的失意，苏轼的心灵受到极大创伤，对官场产生了厌倦情绪。他感到苦闷，失意，找不到出路，他开始逃避现实。这种心态流露在他的许多诗文当中。

他在《初到黄州》中写道：

自笑平生为口忙，老来事业转荒唐。
长江绕郭知鱼美，好竹连山觉笋香。
逐客不妨员外置，诗人例作水曹郎。
只惭无补丝毫事，尚费官家压酒囊。

在这首诗中，诗人自嘲之意溢于言表，他因自己的获罪而对仕途失去了信心，进而产生了归隐之念。深受《庄子》影响，而且喜好和僧道来往的苏轼，开

始全身心的投入禅道。

苏轼在与僧道友人的交往中，思想得到了清静。在贬谪后的相当长的一段时间内，他借佛门清静地来排遣自己政治上的苦闷，修养性情。苏轼所追求的正是老庄所提倡的随缘自足，超然物外。

佛老思想在一定程度上修复了他心灵上的创伤，使他以更充沛的精力，更深刻的思索来认识人生的意义。

与此同时，苏轼少年时所受的教育，儒家深厚的思想修养，仍然使他在贬谪之地心系国家。尽管他想获得解脱，但由于他所受到的深厚的儒家思想教育，他无法弃国家民族于不顾，他心心念念的依然是为国尽忠、为国效力。

苏轼一贬再贬，他的精神始终没有颓废，更与他开阔的胸襟，深厚的修养分不开。特别是在黄州与下层人民亲密接触以后，他更多地了解了民生疾苦，对人民的苦痛有切肤的感受。

苏轼曾经在《前赤壁赋》中这样写道："清风徐来，水波不兴。举酒属客，诵明月之诗，歌窈窕之章。少焉，月出于东山之上，徘徊于斗牛之间。白露横江，水光接天。纵一苇之所如，凌万顷之茫然。浩浩乎如冯虚御风，而不知其所止；飘飘乎如遗世独立，羽化而登仙……"

虽然"飘飘乎如遗世独立，羽化而登仙"，心旷神怡，然而，苏轼毕竟是苏轼，他怎能忘却人世的苦恼，怎能忽略曹孟德当年"破荆州，下江陵，舳舻千里，旌旗蔽空"，"固一世之雄"的威风？这是一颗炽热的心，在为国家、为人民，也为自己的雄心壮志而流泪和滴血。正是在这样的思想的支配下，苏轼以超乎寻常的热情去关注社会问题。

如当他听说黄鄂间农民因贫穷而溺婴的消息后，"闻之酸辛，为食不下"，连忙写信给朱寿昌太守要求革除陋习；当地瘟疫流行，他又向巢谷苦求圣散子药方，"合此药散之，所活不可胜数"，他以自己的宽厚、仁爱，博得了黄州人民永久的怀念。

这一时期，佛老思想和儒家的勤政爱民主张在苏轼身上得到了集中体现。这种思想的矛盾可以从他的多部作品中找到痕迹。

 论 语

比如在《念奴娇·赤壁怀古》中写道："大江东去，浪涛尽、千古风流人物。故垒西边，人道是、三国周郎赤壁。乱石穿空，惊涛拍岸，卷起千堆雪。江山如画，一时多少豪杰。

"遥想公瑾当年，小乔初嫁了，雄姿英发。羽扇纶巾，谈笑间，樯橹灰飞烟灭。故国神游，多情应笑我，早生华发。人生如梦，一樽还酹江月。"

词中既有对历史人物的怀念，又抒发了自己的报国之志，同时流露出功业难成的惆怅。全词即景抒情，怀古伤今，咏史写人，苍凉悲壮、气势磅礴，卓然成为开"豪放"一派词风的"千古绝唱"。

黄州谪居时期，是苏轼的人生观、价值观发生重大转变时期。他的人生追求得到了实现，不仅创作到了辉煌时期，人格精神也得到了升华，既终形成了自己独特的人生追求，既超然物外而又自强不息。

苏轼人生追求的实现，源于他在不断克服人生坎坷与磨难中形成的自强不息的品质，以及宁愿忍受苦难，甘当黄州贬官而不忘忠君爱国忧民的厚德载物的

胸怀。

苏轼曾经在《晁错论》中说过，"古人立大事者，不唯有超世之才，亦必有坚忍不拔之志。"读懂了苏轼，就读懂了"天行健，君子以自强不息；地势坤，君子以厚德载物"。

八佾舞于庭

孔子谓季氏①："八佾②舞于庭，是可忍③也，孰不可忍也？"

三家④者以《雍》⑤彻，子曰："'相维辟公，天子穆穆⑥'，奚取于三家之堂？"

【注释】

①季氏：鲁国正卿季孙氏，即季平子。

②八佾：古代奏乐舞蹈行列的意思。古时一佾八

人,八佾就是六十四人,据《周礼》规定,只有周天子才可以使用八佾,诸侯为六佾,卿大夫为四佾,士用二佾。季氏是正卿,只能用四佾。

③可忍:可以容忍。

④三家:鲁国当政的三家:孟孙氏、叔孙氏、季孙氏。他们都是鲁桓公的后代,称"三桓"。

⑤《雍》:《经·周颂》中的一篇。古代天子祭宗庙完毕撤去祭品时唱的诗。

⑥相维辟公,天子穆穆:《雍》诗中的两句。相,助祭者。维,语助词,无意义。辟公,指诸侯。穆穆,庄严肃穆。

【解释】

孔子谈到季氏,说:"他用六十四人在自己的庭院中奏乐起舞,这样的事都可以容忍,还有什么事不可以容忍的呢?"

孟孙氏、叔孙氏、季孙氏三家在祭祖完毕撤去祭品时,也命乐工唱《雍》这篇诗。孔子说:"《雍》诗里说:'助祭的是诸侯,天子严肃静穆地在那里主祭'。这样的礼仪，怎么能用在你三家的庙堂里呢？"

【故事】

李密牛角挂书志向大

李密少年时候，曾被派在隋炀帝的宫廷里当侍卫。后来隋炀帝认为他不大老实，就免了他的差使。李密并不懊丧，回家以后，发愤读书，决定做个有学问的人。

有一回，李密骑了一条牛，出门看朋友。在路上，他把《汉书》挂在牛角上，抓紧时间读书。正好当时宰相杨素坐着马车在后面赶上来，看到前面有个少年在牛背上读书，暗暗奇怪。

杨素在车上招呼说："哪个书生，这么用功啊？"

李密回过头来一看，认出是宰相，赶忙跳下牛背，向杨素作了一个揖，报了自己的名字。

论语

杨素问他说:"你在看什么?"

李密回答说:"我在读项羽的传记。"

杨素跟李密亲切地谈了一阵,觉得这个少年人很有抱负。回家以后,杨素跟他儿子杨玄感说:"我看李密这孩子的学识、才能,比你们几个兄弟强得多。将来你们有什么紧要的事,可以找他商量。"

打那以后,杨玄感就跟李密交上了朋友。

徐光启融汇中西文化

明代不仅出现了资本主义的萌芽,西方先进科技也开始传入我国,这在历史上被称为"西学东渐"。在这个过程中,我国学者苦苦求索,致力于研究和介绍西学,推动了中西文化的融汇与交流。在这些人当中,明代科学家徐光启,可以说是一个最具代表性的人物。

徐光启将中西文化交流确定为自己的人生道路,

在科学的险径上艰难攀登，殚精竭虑，鞠躬尽瘁，是一位献身科学的伟人。

徐光启幼年时，由于家境贫困，他的祖母、母亲无论寒冬酷暑，日夜纺织不辍，以维持生计。连他的父亲也不得不下田耕作，以图自给。

那时，读书人都是走的科举的路子，徐光启也不例外。1581年，20岁的徐光启考取了金山卫的秀才。32岁那年，他应他人之邀远行广东韶州教授家馆，开始了"经行万里"的旅程。

徐光启南行之际，西方传教士已经叩开我国的大门，在我国的南方进行宣扬基督教的活动，因此他同西方传教士有了初步的接触。

利玛窦是最早深入我国内地传教并取得成功的耶稣会士。他于1582年抵达澳门，第二年到端州。在此地利玛窦潜心学习汉语，钻研《六经子史》等书。后行迹遍至肇庆、韶州、南昌、南京等地。徐光启在韶州教书期间，一次偶然到城西的教堂，没有见到已经北上的利玛窦，却与接替利玛窦主持堂务的郭居静谈得很融洽。

这是徐光启与西方传教士的第一次直接接触,萌生了对传教士和西学的好感,由此开启了与传教士长期合作共事的先河。

1597年春天,徐光启远上北京,参加顺天府的乡试。这次他不但考中了,而且还被取了头名解元,名声大震。中举之后,徐光启留在京师等候会试,但未能考中,于是离京返乡。

徐光启回到家乡继续以教书为业,同时更加刻苦地读书学习。因为事先看到了利玛窦在肇庆绘制的《山海舆地图》,对上面提供的经纬度、赤道、五带等地球知识饶有兴趣,又仰慕利玛窦的学识和为人,便于1600年到南京拜访了利玛窦,聆听他的议论,对他的博学多识留下深刻的印象。

1603年的秋天,徐光启再往南京访利玛窦,因后者居留北京不遇，遂与主持南京教堂的郭居静、罗如望两人晤谈。此后，他读了利玛窦著的《天学实义》、《天主教要》等传教著作，听罗如望讲了《十诫》等天主教的基本教义，观看了宗教仪式，决意受洗入教，并取了教名"保禄"。

西方传教士传授的科学知识对历来学主实用的徐光启也产生了极大的吸引力，他觉得入教或许对学习和掌握西方科学技术知识能有所裨益。徐光启入教以后，开始了与传教士合作翻译西书，把西学介绍到我国的事业。

1604年春，徐光启再度赴京参加会试，终于考中进士，并被考选为翰林院庶吉士，进入翰林院学习，成为朝廷着意培养的高级人才。

就读翰林院期间，徐光启为了集中精力攻读实用之学，放弃了对诗词书法的爱好，专心致志地研习天文、兵法、农事、水利、工艺、数学等自然科学。

徐光启仍然继续与客居北京的利玛窦交往甚密。他时常布衣徒步，前往利玛窦邸舍问学。在徐光启的请求下，大概是从1605年至1606年间开始，两人便开始合译西方数学的经典著作,即欧几里得的《几何原本》。

之所以首选《几何原本》进行翻译,徐光启认为,《几何原本》又是数学的本原。其中的公理虽不以直接以具体事物为对象,但它所蕴含的道理却是一切科学技术必须遵循的。

徐光启为翻译《几何原本》付出了艰巨的劳动。他每天下午三四点钟就要前往利玛窦的寓所,由利玛窦口授,他负责笔录。翻译中反复推敲,务求译文准确,文词通畅。

经过前后3次修订,终于译成了《几何原本》前6卷。即使按今天的标准看,这次翻译也是非常成功的。徐光启在译书过程中创立的一套几何术语,如点、线、面、直角、四边形、平行线、相似、外切等,一直被沿用下来。

《几何原本》译毕,徐光启又与利玛窦用同样的方式译出了《测量法义》初稿。徐光启历来重视水利,这时也向利玛窦询问西方水利设施和器械的情况,并从中受到启发。

1607年4月，徐光启结束了翰林院为期3年的学习，授官翰林院检讨，掌修国史。5月，其父病逝，徐光启按惯例归籍守制，回到上海。

守制期间，徐光启仍致力于科学研究和农学试验，他把已经译成的《测量法义》加以整理，删削定稿。随后，又相继撰成《测量异同》和《勾股义》。这3部书，都是对《几何原本》的发挥和应用。

在这几种书里，徐光启运用西方几何学的原理，对传统数学的经典著作《周髀算经》、《九章算术》进行整理，初步揭示了传统数学作为经验型科学的本质特征，并由此萌生了创立"有理、有义、有法、有数"的科学体系的强烈愿望。

在此前后，徐光启还帮助李之藻把根据克拉维《实用算术纲要》翻译的《同文算指》整理成书。这些西方科学的成果，在生产实践中可以发挥作用，产生效能。

1610年10月，徐光启守制期满回到北京，恢复翰林院检讨原职。此前，徐光启曾经计划与利玛窦共译《泰西水法》，但当他回到北京时，利玛窦已于当

年4月去世,因而改请传教士熊三拔口授。

这次翻译没有采取照本直译的做法,而是结合我国已有的水利工具,只选译其中比较实用和确实先进的部分,一边译书一边试验,把制器和试验的方法与结果都记录下来。此书具有极强的实用性和可操作性,对发展农田水利事业很有指导意义。

以徐光启翻译《几何原本》为发端,在明代晚期的学术界翻译西方科学书籍成为一时盛事。较有代表性的还有焦勖译《火攻挈要》、王征译《远西奇器图说》等书。此外,当时还译介了一批欧洲宗教、哲学、逻辑学、语言学等方面的书籍。

自唐代大规模翻译佛经以来,这是中外文化交流史上的第二次译书高潮,而此次译书涉及的领域之广,科学意义之大,又是第一次译书高潮无法比拟的。它在较高的层次上实现了我国和欧洲两大文化体系的融汇与交流,使我国文化初步纳入了世界文化发展的体系,为我国科学文化的发展注入新的活力与生机。

徐光启运用西方科技解释农业生产,把传统农学理论进一步系统化,有相当高的水平。如他的《农政全书》,就是他收集积累了大量第一手材料,总结了许多珍贵经验编纂而成的。他对这部倾注了大量心血的鸿篇巨制,集中反映了他对农业和农学的巨大贡献,代表了我国古代农业科学发展的最高水平。

此外,徐光启还领导了修改历法的工作。他很早便潜心学习和研究天文学,这也是他贯通中西文化的重要方面。他不但对西方天文仪器的构造、原理、用途有了充分的知识,甚至对西方测天的方法和理论,也进行了深入的研究。在礼部奏请开设历局,修改明代初期开始推行的《大统历》。

徐光启把翻译西方天文学著作当作修历的第一个必需的步骤。那时传到我国的西方天文学著作虽然卷帙浩繁,他有针对性地提出,要有选择地组织翻译,要区别轻重缓急,首先选译那些最基本的东西,循序渐进。在内容上要包括欧洲天文学的理论、计算和测算方法、测量仪器、数学基础知识以及天文表、辅助用表等的介绍、编算等。

徐光启本人也积极投入了翻译工作,他参与编译

论 语

的著作就有《测天约说》、《大测》、《元史揆日订讹》、《通率立成表》、《散表》、《历指》、《测量全义》、《北例规解》、《日躔表》等。

作为修历的组织者和领导者，徐光启的眼光并没有停留在译成一批西方天文学著作上。他的心愿是编成一部融汇中西历法优点，达到当时最高科学水准的历书。为了实现这个理想，徐光启对历书的结构做了精心的策划，创造性地提出整部历书要分为节次六日和基本五日。

节次六日是《日躔历》、《恒星历》、《月离历》、《日月交食历》、《五纬星历》、《五星交会历》。这6种书由易到难，前后呼应，研讨天体运动的规律，介绍测算天体运动的方法。

基本五日包括"法原"、"法数"、"法算"、"法器"和"会通"，是整部历书的五大纲目。法原是天文学的基本理论，包括球面天文学原理。前述节次六日即属于法原的范围。法数是天文表。法算是三角学和几何学等天文学计算中必需的数学知识。法器是天文仪器。会通是旧法和西法的度量单位换算表。

基本五日包容了有关天文历算的全部重要知识。在他主持下,《崇祯历书》46种,134卷已基本完稿(后经李天经定稿,有所增删,计45种,137卷)。可以说,没有徐光启的全力支撑,历局工作顺利进展将是不可想象的。

徐光启生活的时代,正是我国封建社会的末世。他清白自守,淡于名利,把全部聪明才智倾注于科学研究事业,贯通中西方科学上,对祖国科学发展做出了杰出的贡献。

徐霞客志在远游探险

在明末清初科技发展过程中,杰出的地理学家、旅行家和探险家徐霞客,以自己的方式诠释了儒家自强不息精神的巨大力量。他一生志在四方,不避风雨虎狼,与长风云雾为伴,以野果充饥,以清泉解渴,出生入死。他的探险精神深深地影响了后世。被称为

 论　语

"千古奇人"。

徐霞客，名徐弘祖，霞客是他的别号，江苏江阴人。他从小就爱读历史、地理一类书籍和图册。在私塾读书的时候，老师督促他读儒家经书，他往往背着老师，把书放在经书下面偷看，看到出神的时候，禁不住眉飞色舞。

徐霞客10多岁时父亲去世了，他决心亲自到名山大川去游历考察一番。但是他想到母亲年纪老了，家里没人照顾，没敢提这件事。

他的心事毕竟被母亲觉察到了。当母亲了解到他有这样的愿望，跟他说："男儿志在四方，哪能为了我留在家里，做篱笆下的小鸡、马圈里的小马呢！"母亲为他准备行装，还给他缝制了一顶远游冠。有了母亲的热情支持，徐霞客远游的决心更坚定了。

徐霞客在他22岁那年，开始离家外出游历。临行前，他头戴母亲为他做的远游冠，肩挑简单的行李，就离开了家乡。他先后游历了太湖、洞庭山、天台山、雁荡山、泰山、武夷山和北方的五台山、恒山等名山。

每次游历回家,他跟亲友谈起各地的奇风异俗和游历中的惊险情景,别人都吓得说不出话来,他母亲却听得津津有味。

徐霞客的身体很好,了解他的人都称他"身健似牛,轻捷如猿"。

正因如此,每逢登山,即使没有通向山顶的路径,他也能毫不费力地攀援上去;每逢渡河,即使不由津口,他也能从容不迫地泳渡到彼岸;每逢探迹洞穴,即使坎坷曲折,他也能像轻猿系挂高枝、长蛇贴附岩壁那样深入洞内,查清各个洞的出口。他日行百里以后,还能在夜间把当天观察所得记录下来。

在探索大自然的奥秘过程中,他经历了无数次艰辛。在最初远游的日子里,他曾失足落水而差点丧了性命。登峭壁悬崖,苔滑、多险,多次陷于绝境。

徐霞客28岁那年,来到温州攀登雁荡山。他想起古书上说的雁荡山顶有个大湖,就决定爬到山顶去看看。当他艰难地爬到山顶时,只见山脊笔直,简直无处下脚,怎么能有湖呢?可是,徐霞客仍不肯罢休,继续前行到一个大悬崖,路没有了。

他仔细观察悬崖,发现下面有个小小的平台,就用一条长长的布带子系在悬崖顶上的一块岩石上,然后抓住布带子悬空而下,到了小平台上才发现下面斗深百丈,无法下去。

他只好抓住布带,脚蹬悬崖,吃力地往上爬,准备爬回崖顶。爬着爬着,带子断了,幸好他机敏地抓住了一块突出的岩石,不然就会掉下深渊,粉身碎骨。他把断了的带子接起来,又费力地向上攀援,终于爬上了崖顶。

还有一次,他去黄山考察,途中遇到大雪。当地人告诉他有些地方积雪有齐腰深,看不到登山的路,无法上去。徐霞客没有被吓住,他拄了一根铁杖探路,上到半山腰,山势越来越陡。

山坡背阴的地方最难攀登,路上结成坚冰,又陡又滑,脚踩上去,就滑下来。徐霞客就用铁杖在冰上凿坑,脚踩着坑一步一步地缓慢攀登,终于爬了上去。

山上的僧人看到他都十分惊奇,因为他们被大雪困在山上已经好几个月了。

他还走过福建武夷山的3条险径：大王峰的百丈危梯，白云岩的千仞绝壁和接笋峰的"鸡胸"、"龙脊"。在他登上大王峰时，已是日头将落，下山寻路不得，他就用手抓住攀悬的荆棘，"乱坠而下"。

他在中岳嵩山时，从太室绝顶上也是顺着山峡往下悬溜下来的。徐霞客在腾越经过一座高耸的山峰，发现悬崖上有一个岩洞，根本没路可通。他冒着生命危险，像猿猴一样爬上了悬崖，终于到达了洞口。

他游潇水发源处的三分石，岭地峻峭，没有落脚的地方，他便两手攀援丛竹，悬空前进，这样攀行很长一段路，直至天黑时才到达一个较平坦的地段。由于无水，晚饭也做不成，只有烧柴围火休息。后来风雨交加，连火也熄灭了，通宵就这样在旷野的风雨和黑暗中度过。

到了贵州、云南的多雨地区,他常淋着雨跋涉在高山深谷之中,夜晚借宿,有时就睡在牲畜的旁边。

在云南腾冲时,为了采集悬崖上的一种藤本植物,在无计可施的情况下,回到寓所,然后和挑夫一道,拿起斧子和绳索造了一架临时梯子后前往,终于得到了这种未曾见过的植物。

他在湖南茶陵,听说当地有个麻叶洞,洞里有神龙或者精怪,没有法术的人,都不敢进洞。徐霞客不信神怪,他出了高价雇个当地人当向导,进洞考察。

正要进洞的时候,向导问他是什么人,当他知道徐霞客是个普通读书人的时候,向导吓得直往后退,说:"我以为您是什么法师,才敢跟您一起进洞,原来是个读书人,我才不冒这个险呢!"

徐霞客并不罢休,带着他的仆人举起火把进洞。村里的百姓听到有人进洞,都拥到洞口来看热闹。徐霞客在洞里考察了很久,直至火把快用完才出来。

围在洞口的百姓看他们安全出洞,都十分惊奇地说:"等了好久,以为你俩一定给妖精吃了呢!"

徐霞客在游历考察过程中,曾经3次遭遇强盗,

4次绝粮。湘江遇盗,跳水脱险的事,发生在1636年他51岁时的第四次出游中。

这次出游,他计划考察湖南、湖北、广西、贵州、云南等地。出游不久,就在湘江遇到强盗,他的一个同伴受伤,行李、旅费被洗劫一空,人也险些丧命。

在当时,有人劝徐霞客不如回去,并要资助他回乡的路费,但他却坚定地说道:

> 我带着一把铁锹来,什么地方不可以埋我的尸骨呀!

徐霞客继续顽强地向前走去。没有粮食了,他就用身上带的绸巾去换几竹筒米;没有旅费了,就用身上穿的夹衣、袜子、裤子去换几个钱。重重的困难被踩在脚下,他终于达到了自己的目的。

在远游四方的数十年中,他不避艰险,步行数万里,到过16个省、3个市。所到之处,对地貌、地形、地质、水文、气候、植物都做了深入细致的调

查。他登山一定要登最高峰,下海一定要到海底,钻洞一定要钻到最深处,找水一定要找到源头。

徐霞客在野外考察生活中,每天不管多么劳累,都要把当天的经历和观察记录下来。如对长江源头的考察,纠正了"岷江导江"的说法。他北历三秦,南及五岭,西出石门、金沙江,终于弄清了长江的上游不是岷江,而是金沙江。他曾考察过101个岩洞。如对七星岩的考察,做出了详细的记录,其记录和今人对七星岩实测的结果完全一致。

有时跋涉百余里,晚上寄居在荒村野寺之中,或露宿在残垣老树之下,他也要点起油灯,燃起篝火,坚持写游历日记,为后人留下了珍贵的地理考察记录。

可惜的是,日记大部分已经散失,现存的《徐霞客游记》,仅是其中的一小部分。但这仅存的40万字的《徐霞客游记》,仍然向后人展现了他广阔范围的考察纪实,特别是边远地区的地理风貌。

《徐霞客游记》是徐霞客在人类科学史上的贡献,是宝贵的文化财富。人们称这本游记是"世界真文字、大文字、奇文字"。

徐霞客的一生大都是在远游中度过的，直至56岁，他积劳成疾，双脚不能走路，才被人用轿从云南送回家乡。

究竟是什么力量驱使他不辞劳苦，不顾生命安危地旅行、考察、采标本、写日记呢？这力量来自于他内心对名山大川真实面貌了解的渴望。他在生命的最后一刻，还在不停地研究放在病榻前的矿石标本。

徐霞客给后人留下的不仅仅是一部游记，他为探索大自然奥秘而舍安逸、忘生死、求索攻坚的精神，永远激励着后人。

康熙推动西学东渐

明清两代的"西学东渐"之风，不仅激励了科学工作者上下求索，积极实践，也让康熙这样的一代帝王热衷于科研。在古代众多的帝王中，康熙是一位认真学习过西方科学的皇帝。

康熙是清代第四位皇帝、清定都北京后第二位皇帝。作为一个少数民族政权的帝王,他能够学习西方先进科技,不仅对当时西方科学在我国的传播起到了巨大的推动作用;从另一个意义上讲,也是少数民族融入中原汉文化的一个绝好例证。其实,这也从一个侧面证明了儒家自强不息精神的伟力。

1668年7月25日,山东莒县、郯城间发生8.5级特大地震,声若轰雷,河水横溢,城垣民房倒塌一空。当时的最有影响的来华传教士南怀仁预测到了这次地震,他抓住这次机会,将验证结果报告给了当时尚未亲政的少年皇帝康熙手上。

此时的康熙才15岁,接了这个案子以后,也不知道谁对谁错。为了明断是非,康熙特地下令南怀仁到午门广场,当着文武百官的面,用自己的测算方法,测算正午时间日晷表上所显示出日影的长度。结果南怀仁的计算准确无误。

从这件事情上,康熙感受到了西洋科学的合理性,并毅然打破国籍的限制,任命南怀仁为钦天监监副,全权主管钦天监,把掌管天文历法方面的大权完全交给了这个知识丰富的外国人手里。

天文数学的精确与神奇,激发了康熙的好奇心,促使他对自然科学产生了浓厚的兴趣。一有余暇,就学习自然科学知识,力求把握其中的原理。

康熙早就对我国历史、文学有相当的鉴赏能力,又喜欢美术,推崇程朱理学。在天文、历史、数学方面也有比较好的基础。因此,当他接触西方科学的时候,态度是积极的,而且自己也渴望学习这些知识。

康熙学习勤奋,对于政务也丝毫不懈怠,没有一天误了上朝。他并不只认死理,总是把所学的知识付之于实践,学习得很开心。例如,给他讲固体的成分时,他就会拿起一个球,精确地称出它的重量,测出它的直径。然后,他又算出同样材料,直径不同的另一个球的重量,或者算出另一个比较大的或比较小的

球的直径该是多少。

有时候打算用几何方法测量距离、山的高度、河流和池塘的宽度。他自己定位,调整各种形式的仪器,精确地计算。然后他再让别人测量距离,当他看到他计算的结果和别人测量的数据相符合,他就十分高兴。

法国传教士白晋在他所著的《康熙大帝》一书中这样写道:

> 在五六个月的时间里,康熙已经掌握了几何学,能够随时说出他所画的几何图形的定理及其证明过程。他对我们说,《几何原本》他至少读了20遍。

法国传教士洪若翰致拉雪兹神父的信中有这样一段描述:"康熙在将近5年的学习过程中,他始终十分勤奋,而且对于政务也没一丝的耽误。他一直注意学用结合。例如在给他讲固体的成分时,他就会拿起一个球体,精确地称出它的重量,测出它的直径。"

康熙早年从南怀仁学习欧几里得几何学，每天听讲，孜孜不倦。后来又学习测量、天文、物理和医学。在宫中设置了研究化学和药学的实验室。

南怀仁去世后，康熙又请耶稣会传教士白晋和张诚在内廷讲学。在讲授之前，先令他们学好满文和汉文，而康熙帝自己却不学外文。

传教士讲授的学科有测量、数学、天文、解剖学和哲学等。张诚在到北京的第三年将几何、三角和天文方面的书籍译成汉文和满文印出，作为教科书和供皇帝阅读之用。这时康熙皇帝已经30多岁了，但学习的劲头依然很高。

康熙早年经常到京城的观象台观测天象，并准确地计算出某日某时日晷表上所显示的日影的位置，指出钦天监在天文推算中的错误。

康熙的数学水平，已经达到了对当时的学术成就进行准确评判的程度。1689年，清代初期大数学家梅文鼎写了《历算疑问》一书，呈送到宫中。经过一番仔细研究，康熙对这本数学专著得出了"所呈书甚细心，且议论亦公平，此人用力深矣"的结论，他认为书写得很细心，观点也公平。

康熙对西方地理学也很关注。明代末期意大利传教士利玛窦为中国绘制的世界地图，艾儒略写的《坤舆图论》、《职方外纪》等书，都曾是康熙学习世界地理的教材。后来南怀仁又撰写了《坤舆外纪》，对西方地理及地理学作了进一步的介绍。

康熙离开北京，前往黄河三门峡、内蒙古乌梁素海等地，每到一处，都留心学习地理方面的知识，努力做到理论和实际有机地结合起来。在黄河、淮河、运河交口的大堤上，他总是指着东流的河水，耐心地向当地负责管理水利的官员讲解如何计算水的流量。

他说："你可以先量水闸口的宽度，计算出一秒钟的流量，然后再乘上一昼夜的时间长度，河水的流量就算出来了。"

西方医学也是康熙非常感兴趣的一个科目。1693年，康熙患疟疾，传教士张诚、白晋等献上从法国带来的奎宁，使他很快恢复了健康。从这时候起，康熙对西方医学的兴趣就更加浓厚了。

他令法国传教士巴多明把法国皮理著的《人体剖

学》翻译成满文。传教士罗怀忠精通外科，康熙任命他为内廷行走，可以在内宫自由出入。另外，他还任命罗得先、安泰为随从医生。

康熙受到欧洲传教士的影响，为了是培养自己的高级人才，在京西的畅春园，设立了蒙养斋算学馆。康熙让大臣们从全国各地推荐年轻的科技人才，到蒙养斋学习深造。皇帝还经常提出要以欧洲的、其中包括巴黎制造的各种艺术作品为样品，鼓励工匠与他们竞赛。

康熙创建的蒙养斋算学馆是18世纪我国诞生杰出数学家的摇篮。大数学家梅珏成、明安图等都是蒙养斋算学馆培养出来的。

康熙聘请传教士任算学馆教师，要求他们讲授当时已传入中国的西方数学，并要他们翻译编辑了《欧几里得几何原本》、《比例规解》等10多部满汉文数学书籍。这些书籍都收录在康熙钦定的《古今图书集成》。

代数在当时被称作"借根方算法"，又称"阿尔热巴拉"，康熙作为历史上最早接受西方代数学的帝王,曾多次向大臣们谈及"阿尔热巴拉",而且还亲自到蒙养斋授课。

经过多年的人才培养和科技实践的经验积累,康熙终于在晚年组织了两项重大的全国性科技工程。

康熙帝曾经见到一幅亚洲地图,图中关于清朝满洲地区的地理知识相当缺乏,便有开展测绘工作的打算。后来他从广州购入仪器,每到东北和江南各地巡视的时候,就命随行的外国传教士先测定经纬度。他命耶稣会传教士先测京师附近地图,由他亲自校勘,认为远胜旧图,才下令由中、西两方人员组成测绘队进行全国地图的测绘。

全国地图的正式测绘是从1708开始的,由法国教士白晋、雷孝思和杜德美等人率领。先从长城测起,然后测北直隶,再测满洲地区。

为了加快速度,康熙于1711年命增添人员,分两队进行。因此关内10余省,包括西南、西北广大地区,约用5年时间先后完成。

1718年,一份具有相当水平的《皇舆全图》终于绘成了。这是一件了不起的大事。当时欧洲各国的大地测量,有的尚未开始,有的虽已开始,也未完成,而我国在18世纪初期完成了全国性的三角测量,走在了世界各国的前列。

康熙帝亲自领导的全国大地测量,有两件事是非常有意义的:

第一,是尺度的规定。康熙为了统一在测量中所使用的长度单位,规定以200里合地球经线1度,每里1800尺,因此每尺的长度就等于经线的1%秒。这种以地球的形体来定尺度的方法是世界最早的,法国在18世纪末才以赤道之长来定米制的长度。

第二,是发现经线1度的长距不等。1702年实测过中经线上由霸洲到交河的直线长度,以后在1710年又在北方边境地区实测北纬41度至47度间的每度直线距离。

这些测量都可以得出纬度越高,每度经线的直线距离越长的结论。如北纬47度比41度处测得的每度经线的长度大258尺。这是过去的测量中从未得到的结果。

这是世界科学史上一件值得纪念的大事,所取得的成就,在当时世界上可以说是第一流的。英国著名

科学家李约瑟博士认为:

> 它不但是亚洲当时所有的地图中最好的一幅,而且比当时的西欧各国所有地图都更好,更精确。

康熙不仅是我国统一的多民族国家的捍卫者,开创出康乾盛世的大局面,他学习西洋科学的这段历史,更向我们展示了我国科技史与中西交流史上明丽的一页。由此体现的中华民族自强不息精神,更反映了儒家文化的伟大的感召力。

容闳赤心报国而求学

在明清时期资本主义萌芽和"西学东渐"等进步思潮的影响下,一批有识之士从长远发展的角度出发,把国内优秀青年派往国外留学,学习他人之长,增中华国力,表现出超凡的战略眼光。被誉为"中国留学生之父"的容闳就是这样的人。显而易见,这是儒家刚健有为、自强不息精神的又一体现。

容闳是近代早期改良主义者,他所倡导的留学教育影响了一代又一代的青年,而这一代代青年又深深地影响了我国历史的进程。

容闳的家乡在今广东省珠海市的南屏镇,即现在的珠海市南屏镇,和澳门仅一水之隔。年仅7岁的容闳被送到了澳门一家由澳门英人古特拉富夫人主持的教会小学念书,后又在美国人塞缪尔·布朗办的马礼逊学堂读书。

1847年,容闳因为家境困难,为了求生,他志愿随布朗夫妇到美国,进入马萨诸塞州的孟松学校学习。两年后,他考取了著名的耶鲁大学,成为该校第一个中国学生。

容闳在耶鲁大学读书时,刻苦钻研,经常攻读到深夜。经过努力,他的成绩优异,多次夺得英文论文的首奖,蜚声于校园内外。

容闳的兴趣广泛,选修了多门学科,学识的增长,使他看到西方的先进科学技术和资产阶级民主精

神,也看清了当时祖国的落后,忧国忧民之心与日俱增。

1854年,容闳以优异成绩毕业于耶鲁大学。美方不止一次地用优厚的待遇诱劝他留下来,但丝毫动摇不了他的爱国之心,他要把知识献给祖国,要"以西方之学术,灌输于祖国,使中国日趋于文明富强之境"。

然而,回到祖国的容闳,并未受清代朝廷的重用。为了生计容闳只好到处奔波,寻找工作。他在海关当过翻译,在洋行里当过书记员。他虽然得到了温饱,但总感到自己报国无门。

在这期间,他曾拜会太平天国的干王洪仁玕,向干王提出关于建设军队、政府、银行、学校等建议,这是容闳首次提出的为我国谋富强的大计。干王虽然知道这些建议十分重要,但战事频繁,无法实行,把这些建议搁了下来。容闳也离开了太平军。

自己能为祖国干些什么?容闳想起在同外商交往中,我国由于缺专门人才而多次失利,许多应由我国人掌管的要塞、军舰、海关等重要职务,都任用外国人，甚至与西方国家谈判时，我国的首席代表竟是外国人。

想到这里，容闳为祖国缺少新式教育感到不安。他想如果每年能有一批祖国青年到美国留学，就能造就许多通晓西学的人才。1868年，容闳正式向清代朝廷提出了他的选派留学生计划，他几经周折，再三努力，两年后清代朝廷批准了他的计划。

1871年夏，容闳在上海开始招生，被选入的幼童先在预备学校补习英文。从1872年至1875年，我国每年派遣30人，完成了留学120人的计划。

清代朝廷派出的监督，对学生们接受西方新鲜事物和思想非常不满，对支持学生的副监督容闳更是怀恨在心，多次向朝廷告密，说容闳纵容学生，说这些留学生即使学成回国，也不能为朝廷效力，要求撤回留学生。

朝廷竟然同意了监督的请求，1881年，赴美留学生全部撤回。容闳留学生计划半途而废。

1873年，容闳从美国回到天津，向清政府奏请从西方购买武器一事。直隶总督让他就关于招募华工赴秘鲁的签约问题与秘鲁特使谈判。

秘鲁特使声称华工将会受到优厚的待遇。事实上，容闳以前在澳门就亲眼见过许多华工，以辫相连，结成一串，被人贩子们像牛马似的牵往船舱，听说过受骗华工被人贩子在市场上拍卖，不少华工因反抗被杀或跳海自杀。

容闳义正词严地怒斥了秘鲁特使，并向直隶总督汇报了所见所闻。他欣然接受直隶总督的派遣，到秘鲁去调查华工的情况。经过3个月的调查，了解到了华工遭受的折磨和奴隶主的罪恶，并把华工身上被答、被烙的斑斑伤痕拍成照片，作为奴隶主残暴虐待华工的罪证。

容闳的秘鲁之行，使华工受虐待的真相大白。朝廷宣布禁止华工出洋。秘鲁特使虽竭力抵赖，但在容闳拍摄的一幅幅照片面前，无言以对。

1894年，日本发动了甲午中日战争。容闳在美国得知消息，忧愤交加，立即写信给南洋大臣张之洞的幕僚，建议向英国借款购买军舰并雇用外兵，抄袭日本的后路，使其腹背受敌。

张之洞请容闳去伦敦借款，但这时，清代朝廷已对日本求和，借款计划也告中止。

甲午战争后，容闳从伦敦回到祖国。他建议实行新政，创立国家银行，发展资本主义，但都因受到阻挠而失败。后来，他又组织修建从天津到镇江的铁路，不料，德国有山东筑路权，不许铁路从山东通过，容闳不得不放弃筑路计划。

屡遭挫折，容闳开始倾向革命。他结识了维新变法的领袖康有为、梁启超，经常与他们讨论救亡图存的方略，容闳的资产阶级进步思想对他们产生了一定

影响。戊戌变法失败后，容闳参加发动"自立军"起义。在上海张园的"国会"上，他被公推为会长，并起草了《对外宣言》。

可是，宣言还未正式发表，容闳被列为通缉的首犯，他不得不潜往香港。两年后到美国避难。

在斗争中，容闳认识到孙中山"宽广诚明有大志"，并号召各界进步人士要支持孙中山，使资产阶级革命成功。1909年，他写信给他在美国物色的军事专家荷马李和财界人士布司，让他们支持孙中山。

经容闳介绍，孙中山与荷马李、布司建立联系，举行会谈，制订起义计划。并以孙中山名义，委任布司为同盟会驻国外全权财务代办，向纽约财团贷款，筹组临时政府等。

1910年5月，82岁的容闳病倒了。当武昌起义成功的消息传到美国，容闳非常高兴，并致函：

　　你们代表了四亿五千万人民——那些
近三百年来深受压制的人们——高呼着共

和国，为解除人民的痛苦去赢得自由和独立。

他的信，使资产阶级革命派深受鼓舞。

孙中山高度评价容闳的爱国精神和革命业绩，称他为"建伟大事业、以还吾人自由平等幸福"的老同志，并致函，希望他回国参加建设。可是，容闳接到孙中山来函时，已卧床不起。

1912年4月21日，容闳在美国逝世，终年84岁。他在临终遗书中让他两个生长在美国的儿子回国服务，写道：

吾费如许金钱，养成汝辈人才，原冀回报祖国。

老人金子般的语言，激励着两个儿子。他们回国后，两人都为社会建设做出了贡献。

 论 语

人而不仁

子曰："人而不仁，如礼何？人而不仁，如乐何？"

林放①问礼之本②。子曰："大哉问！礼，与其奢也，宁俭。丧，与其易③也，宁戚④。"

子曰："夷狄⑤之有君，不如诸夏⑥之亡⑦也。"

【注释】

①林放：鲁国人，字子丘。

②本：根本、本质。

③易：周全，指把事情办理得很妥善。

④戚：悲伤、悲痛。

⑤夷狄：古代中原地区的人对周边地区的贬称。

⑥诸夏:古代中原地区华夏族的自称。

⑦亡:同"无"。古书中的"无"字多写作"亡"。

【解释】

孔子说:"一个人没有仁德,他怎么能实行礼呢?一个人没有仁德,他怎么能运用乐呢?"

林放问孔子礼的本质。孔子回答说:"这个问题意义重大啊!礼,与其办得铺张浪费,不如朴素节俭。丧礼,与其办得事事周全,不如内心真正哀伤。"

孔子说:"文化落后的夷狄虽然有君主,还不如中原诸国没有君主呢。"

【故事】

吴起以身作则关爱士兵

吴起是战国初期著名的政治改革家,卓越的军事家、统帅,兵家代表人物。吴起喜好用兵,一心想成

就大名。

吴起做将军时，和最下层的士卒同衣同食。睡觉时不铺席子，行军时不骑马坐车，亲自背干粮，和士卒共担劳苦。

士卒中有人生疮，吴起就用嘴为他吸脓。这个士卒的母亲知道这事后大哭起来。别人说："你儿子是个士卒，而将军亲自为他吸取疮上的脓，你为什么还要哭呢？"

母亲说："不是这样。往年吴公为他父亲吸过疮上的脓，他父亲作战时就一往无前地拼命，所以就战死了。现在吴公又为我儿子吸疮上的脓，我不知他又将死到哪里了，所以我哭。"

在一次行军途中，传令兵要向他传达国王的命令。当来到将军的战车前时，战车上却没有吴起。旁边的士兵告诉传令兵："大将军行军从不坐车，你到前边去找他吧！"

传令兵打马向前，好不容易才找到吴起。只见他一身士兵打扮，和士兵一样背着干粮袋子在徒步行军。吴起之所以能够成为一个百战百胜的将军，除了他的军事谋略高人一筹外,他以身作则、爱护士卒也是很重要的原因。

唐宋时期的仁爱孝悌

唐宋之际,经过长期的多政权并立和民族杂糅后,中原民族的"纲常"遭到一定程度的破坏。面对这种情况,唐宋时期儒者坚持理想,表现出独立的人格和赤诚的仁爱孝悌精神。同时,官方不断强化社会教化措施,直接导致了孝悌行为不同以往,从而展现出鲜明的时代色彩。

韩愈是唐代的大文学家,他在潮州做刺史时,听说韩江里的鳄鱼

论 语

吃掉过江百姓的事情，心想鳄害不除后患无穷，便命令宰猪杀羊，决定到城北江边设坛祭鳄。

韩愈在渡口旁边的一个土墩上摆了祭品，点上香烛，对着大江严厉地宣布道："鳄鱼！鳄鱼！韩某到这里来做刺史，为的是保土庇民。你们却在此祸害百姓。如今姑念你们无知，不加惩处，只限你们在3天之内，带同族类出海，3天不走就5天走，5天不走就7天走。7天不走，便要严处！"

事有凑巧，据说打那以后，江里的鳄鱼真的没有再出现过。当地的百姓认为朝廷派来的大官给鳄鱼下的驱逐令见了效，都安心生产了。

现在，人们把韩愈祭鳄鱼的地方叫做"韩埔"，渡口叫"韩渡"，又作"鳄渡"，还把大江叫作"韩江"，江对面的山叫作"韩山"。

韩愈本来连佛都不信，怎么会信鳄鱼有灵呢？这当然是他为政措施中"仁爱"思想的体现。

一直以来，韩愈都在大力维护儒家伦理思想的正宗地位，赋予儒家"仁爱"思想以新的含义，对儒家"仁爱"思想的发展做出了贡献。

韩愈在《原道》中从"博爱"的角度重新阐述了秦汉时期以来儒家的"仁爱"思想，认为儒墨有相通之处。"孔子必用墨子，墨子必用孔子。不相用不足为孔、墨。"

这种将儒家的"仁爱"思想扩展为对夷狄禽兽之爱的新解释。儒家的核心思想就是"仁"。博爱是韩愈用来解释儒家的仁爱的，他说"博爱之谓仁"。这个说法在宋代以后产生极大影响，成为儒家仁学中有代表性的阐释。

作为"北宋五子"之一的张载，也致力于弘扬儒家仁爱思想。他认为人和天地万物一样，都来自同一个本源，认为"性者，万物之一源"。

仁爱是儒家有独特含义的爱，仁是指以血缘为基础的自然而然的爱，父母对子女的爱，子女对父母的爱，因为基于血缘，所以我们有这样的爱心。张载把这个思想进一步扩大，逐步阐发仁爱，将心比心，推及于人。

孔子和孟子认为"四海之内皆兄弟也"，四海是指东南西北四方的异民族，把他们当作有血缘关系的

兄弟一样来对待,就是把仁的思想向外推。张载把这样的思想进一步推广,不仅推之于人,也要推之于万物。把万物都纳入到仁这样一个具有血缘关系中来。这是张载看待事物的方式。

经过唐宋时期韩愈、张载等人的努力,传统儒学被赋予了新的含义,而官方也在不断强化社会教化措施,促使民众的思想与行为发生变化。在这一过程中,由官方旌表孝悌而引起的官民孝悌行为,成为唐宋两代儒家"仁爱"思想发展的一个新气象。

旌表孝悌一直是封建社会德行教化的重要方面,但唐宋时期对孝悌的认识却并非一成不变。唐代认为孝悌是个人得以区别于禽兽,得以"立身扬名"的重要因素。

唐代的博陵有一个崔姓的节度使,他的曾祖母长孙夫人年纪很大,嘴里的牙齿已经完全脱落了。崔大人的祖母唐夫人,每天先梳好头、洗好了手,就到堂前拜见婆婆,再上堂来给婆婆吃着自己的奶。所以长孙夫人虽然没有牙齿,吃饭困难,但还是很康健。

有一天,长孙夫人忽然生起病来,全家老少都到她房里去探望她。她对大家说:"我没有东西可以报答媳妇的恩情,但愿子孙的媳妇,个个像我媳妇那样孝敬,我就心满意足了!"

由于崔家极重孝道,后来,博陵这地方姓崔的人做尚书、做州郡官的,就多达好几十位。论起天下做官的人家来,总要推崔家是首屈一指。

唐代朝廷的旌表赏赐行为在民间的影响还十分有限,孝悌行为还只是民众的个人行为,仍然没有被纳入礼法教化的社会行为之中。与之不同的是,在宋代更多则是民众被感化的事例。

宋人的认识则超出了唐人认知的局限,清醒地认识到旌表孝悌,实现由孝而忠的政治功效的重要意义。

对旌表孝悌的主观认识的发展引起了其教化措施的变化,对唐宋社会的孝悌行为的影响是不可估量的。反映在民间的孝悌行为上,则表现为孝悌行为中礼法教化色彩的日渐浓郁。

宋代的刘月娥7岁时就被后母唷地卖到金尚书的家中。后母骗刘月娥的父亲说:"我们的女儿不知道

到什么地方去了。"

父亲听到女儿失踪的消息,哭得双眼都快瞎了。

过了几年,刘月娥的父亲恰巧在金家里碰见女儿,父女两个人抱着痛哭一场。于是刘月娥便辞别主人,跟着父亲回家。

父亲要把后母赶出去,刘月娥说:"如果母亲不这么做,我便不能跨进富贵人家的家中,这样说来,她已经对我有大恩德了,又何必怨恨呢?况且我一回来,母亲就走了,我怎么会安心呢?"

父亲听刘月娥这么说,只好作罢。

后来,父亲年纪老了,没有儿子,家境又更加穷困。父亲逝世后,刘月娥侍奉后母非常孝顺。后母不能行动,刘月娥背着她行走。等到后母去世后,刘月娥才又回到富人的家里做工。

刘月娥为人帮佣时,谆谆勉励女仆们要尽责和勤劳,如果对方不采纳或加以辱骂,她便立刻道歉而且不再计较。遇到辛劳烦苦的事情,她总是以身作则。

别人送她钱财、剪刀或衣服,她必一再推辞,不得已才接受。纵使一小块布料或木材,她都不敢随便丢弃。对于年幼的女仆,她常为她们梳头、化妆或缝纫,并且把她们当作自己亲生的女儿那样看待。她的德行被当时的人们所称赞。

民众为孝悌事迹感而化之,不仅在于孝悌行为的感人,更在于宋代朝廷的旌表已经在社会中发生了作用。以礼法为基础的社会舆论导向,已经在宋代社会中建立起来,并开始在影响个人的社会行为方面产生功效。

唐宋两代的孝悌不仅表现在个人的孝亲行为,还表现在大家族中家庭关系的维系状态,并且出现了法制规定向礼制教化让步的一种趋势。

在唐代,大家族的家庭关系是以"敦睦"、"友爱"为其表象的。即使在大家庭日渐瓦解的时候,维系其艰难存在的纽带依然是那割舍不断的亲情,尽管这种亲情的维系作用的影响力已经开始日渐削弱。

当亲情无法继续维系大家庭的存在的时候,就需要为得以继续存在的大家族的家庭关系以及家庭人员的行为重新订立规范,而家法就是在这样的前提下逐步发展起来的。

在严格尊卑等级的家法束缚下,"肃"开始成为宋代大家族内部的主要特征。宋代大家族的维系在很大程度上,已经成为一种受外在影响的有意识行为。

宋代曾发生了这样的事例:樊景温、荣恕旻兄弟分居多年。后来樊景温家的樗树五枝并为一,荣恕旻家的榆树两木自合,兄弟两人感其异状就商议聚居一起,乡亲们无不称赞其和睦。

樊景温、荣恕旻两家族分居多年,依然要恢复同居状态,其主要原因既在于以官方旌表为表象的礼法外在影响,也在于他们期望获得朝廷认可与赞许。由此观之,这些有感于自然祥瑞的举动,并非完全缘于亲情,而是官方的礼法导向以及以社会伦理舆论影响的结果。

宋代社会中还形成了制定家礼的风尚出现了为众推崇的家礼模式与版本。这种家庭关系的出现,对我国社会后期的政治、文化、社会的深刻影响,是简单的教化问题所无法包纳的。但仅就孝悌观念而言,由这种礼法关系所引起的变化却是有目共睹的。

总之,唐宋儒者丰富了儒家"仁爱"的内涵,在新的"仁爱"思想的影响下,官方的旌表与提倡,引起了孝悌行为的变化。这在当时不仅促动了孝悌感化行为的不断出现,也对古代后期的社会发展以及文化心理的发展产生了深远影响。

贺若弼成就父志平南陈

唐宋时期的社会转型和文化重构,并非一个突发的现象,而是在此前的隋代乃至更早就在孕育之中了。唐代所提倡的仁爱孝悌,在此前的隋代就有相关的人和事,比如贺若弼就是一个典型。

贺若弼是隋代著名将领,其父贺若敦临终遗愿平定南陈。他誓尽人子之责,激励自己,发誓建功,不平南陈则"葬江鱼腹"。最后终于成就了父亲的遗愿,也为隋王朝的建立立下了赫赫战功。

贺若弼出生在将门之家,他的父亲贺若敦,是南北朝时期北周很有名气的将领。当时长江以北,北周

与北齐以洛阳为界互相对峙。长江以南则是陈朝,北以北齐为邻,西与北周对峙。

560年,贺若敦奉命率兵渡过长江,占领了南陈所辖的湘州,即现在的长沙。因为孤军深入,粮饷不继,一年后,他又被迫撤回江北。

当时掌握北周大权的宇文护以失地无功为名,罢了贺若敦的官。贺若敦觉得自己本来有功,不仅没有得到奖赏,反而受到惩罚,心里很不服气。心里有怨气,就到处说,因此激怒了宇文护,令其自尽。

贺若敦临终时,把贺若弼叫到跟前,嘱咐说:"我曾下决心平定江南,然而这一愿望没有得到实现,你应当完成我的遗志。我因为爱说而致死,你千万不可忘记这个教训啊!"说罢,就用锥子把自己的舌头刺出血来,作为对儿子的告诫。这时,贺若弼已是22岁的青年人了。

贺若弼早在少年时,就胸有大志,为人慷慨,刻苦练武,勇敢不凡。同时又博览群书,在当时的贵族子弟中很有名望。后来,贺若弼被齐王宇文宪所赏识,让他到齐王府做管理文书的工作。不久被封为当亭县公，官至小内史，成为皇帝亲近的一名官员，参与一些机要大事的处理。

577年，北周武帝灭掉了北齐。后来，周宣帝以大将韦孝宽为元帅率军伐陈，贺若弼跟随出征。在这次战斗中，贺若弼立了大功，史称这次战斗的胜利，多出于贺若弼的谋划。

战争结束后，周宣帝提升贺若弼为寿州刺史，改封襄邑郡公，镇守淮南。这为贺若弼实现父亲的遗志创造了条件。

周宣帝去世后，大权落到丞相、外戚杨坚手中。杨坚于581年废掉宣帝的儿子周静帝自立为皇帝，改

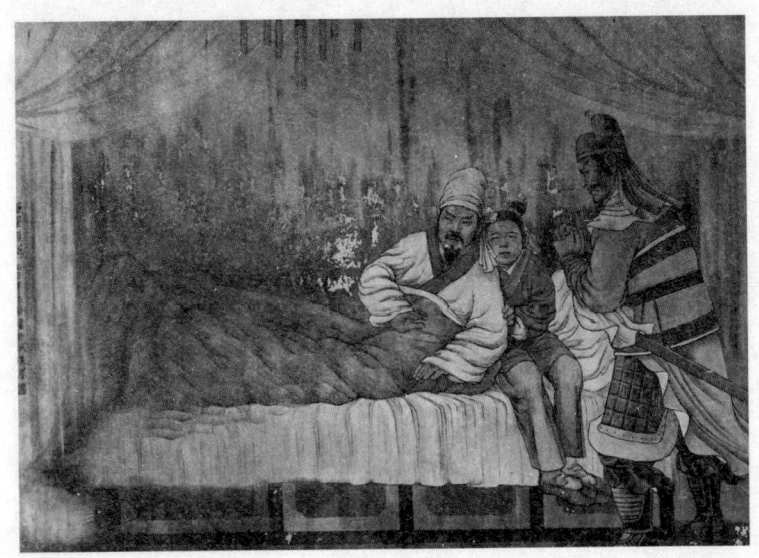

国号为隋,称"隋文帝"。同时着手准备伐南陈统一全国的准备工作。

这时,宰相高颎向隋文帝推荐贺若弼,建议加以重用。高颎认为:"朝臣之内,论文武才干,没有人能比得上贺若弼。"

隋文帝采纳高颎建议,任命贺若弼为平陈军事行动的行军总管,率军出广陵,云集在长江北岸。

广陵和寿州、庐州是隋代渡江伐陈的根据地,贺若弼喜出望外,因为实现父亲的遗志完成国家的统一,施展自己雄才大略的千载难逢的机会终于到来了。

到达广陵后,贺若弼抑制不住内心的兴奋之情,写了一首诗,赠给寿州总管源雄。诗中写道:

交河骠骑幕,合浦伏波营;
勿使麒麟上,无我二人名。

意思是说,你我统率水陆大军镇守大江之北,肩负伐陈重任,一定要在伐陈战争中取得功名。诗中的

"麒麟"，是指汉武帝在长安未央宫内所建的麒麟阁，西汉宣帝时曾在阁里画了霍光等11名功臣像，以表其功。贺若弼引用这个典故与源雄互勉，充分反映了他以伐陈为己任的雄心壮志和必胜信心。

贺若弼军提前发起进攻，出广陵南渡。将要渡江时，贺若弼酹酒发誓，要远振国威，伐罪吊民，"如事有乖违，得葬江鱼腹中，死且不恨"。誓毕，挥军渡过长江。

陈军猝不及防，慌溃而逃。贺若弼军乘势攻占重镇京口，即现在的江苏省镇江市，擒其刺史黄恪，俘获敌众6000余人，均优待释放。

贺若弼严明军令，将士秋毫无犯，有军士拿民间一物者，立斩不赦。对俘众却给予优待，发给资粮，尽皆释放。所以所向披靡，降者甚众。

随后，贺若弼以一部进屯曲阿，即现在的江苏丹阳，以防江苏太湖以东、以南和浙江绍兴等地的陈军增援，自率主力西进，从左翼攻南陈首都建康。

此时，隋军另一路韩擒虎军也攻占姑熟，沿江东进，南陈散骑常侍皋文奏军败退建康。贺若弼、韩擒

虎两军自北、南两路并进，钳击建康，沿江诸戍，望风尽走。隋军已对建康形成包围态势。

贺若弼军进据钟山，即现在的南京紫金山，屯于山南白土冈东。在当时，南陈在建康附近尚有甲士10余万。南陈后主陈叔宝不懂军事，面对隋军压境，拒绝了骠骑将军萧摩诃、镇东大将军任忠的建议，贸然命陈军出战，以至于南陈军队首尾进退互不相知。

贺若弼率轻骑登山侦察敌阵，遂与所部8000甲士列阵以待。南陈将领田瑞首先率部进击，被贺若弼军击退。在交战不利时，贺若弼迅速摆脱被动，乘敌骄惰懈怠之机，猛攻敌之薄弱部，大败敌军主力。此战对攻占建康具有重要意义。

贺若弼挥军乘胜推进，到达乐游苑。但陈的守军苦战不息，直至日薄西山，才解甲就擒。贺若弼遂从北掖门入城。

此时西路军总管韩擒虎已率500骑兵于朱雀门先期入城，并俘获陈后主，占据了府库。贺若弼令将陈后主带来一视，只见陈后主惶恐流汗，股栗再拜。

隋文帝闻贺若弼、韩擒虎两人有功，下诏励志。

将贺若弼进位上柱国，再拜右领军大将军、右武侯大将军。韩擒虎也受到同样待遇。

灭陈以后，贺若弼位望名隆，其兄贺若隆为武都郡公，弟贺若东为万荣郡公。

贺若弼不忘父志，终于为隋代的统一，攻占陈首都建康，立了首功，而留名于青史。

孙思邈学医最先孝双亲

在唐代，人们以儒家的道德观和伦理精神一以贯之，而在门户之内，最重要的事务就是孝悌之道，主要表现为对父母履行孝道。著名道士、医药学家孙思邈，就是将儒家教义与日常生活完美结合的典型。

孙思邈出生于唐代京兆华原一个贫苦家里，京兆华原就是现在的陕西铜川耀州。他的父亲是一名木工，母亲是普通的家庭主妇。

孙思邈的家乡水土不好，得病的人很多。他父亲

 论 语

得了雀目症，就是现在所说的夜盲症，一到天黑就看不见东西；母亲也有"大脖子病"，就是现在所说的甲状腺肿大症，经常吃药。孙思邈见了非常着急。

一天，父亲边做木工活边问孙思邈："你长大了，难道也打算干木工活吗？"

孙思邈毫不犹豫地回答："我长大了要当医生，把您的雀目病治好，把母亲的粗脖子病也治好。"

父亲听了儿子一片孝敬父母之言，十分感动，沉思片刻说："好孩子，你要当医生，就不能像爸爸这样，斗大的字认识不了一筐。咱家虽说很穷，但我就是累弯了腰，也要供你念书。明天你就上学去！"

在父母的支持下,孙思邈在村西的一孔土窑洞里读书,从此开始了他的求知生涯。

孙思邈在 7 岁的时候,能认识 1000 多个字。这 1000 多个字,都是他会写的。

孙思邈 12 岁时,父亲带他到药农张七伯家,准备给张七伯做装药的柜子。孙思邈见张家院内到处是草药,心想:"这下父母的病可有治了!"于是,他求得父亲同意,拜张七伯为师。

张七伯素闻孙思邈是个很乖的孩子,又很孝顺,就高兴地答应下来,说帮孙家带一带这个孩子。

孙思邈在张七伯的家里当了学徒 3 年,经常向师父问这问那,常常使师父十分为难。后来他才知道,师父识不了多少字,只会用一些土方治病,根本不懂药性医理。

张七伯也懂得徒弟的心思,同时也发现孙思邈是个极聪明的孩子,自己不能耽误人家的前程,就诚恳地对孙思邈说:"从这往北走 40 里,是铜官县,我舅舅是那里有名的医生,这本《黄帝内经》就是他送给我的,我读不懂,你拿回去好好读读,等长大些,去

 论 语

找我舅舅学医吧!"

17岁的孙思邈,为双亲治病心切,不畏人生路远,终于来到铜官县找到那位名医。可这位医生不会治雀目病和甲状腺肿病,这使孙思邈十分失望。

尽管如此,孙思邈还是不死心,决意拜师。他在这里学习了一年,在这期间继续研究《黄帝内经》,医学知识长进了不少。

第二年,18岁的孙思邈回到家乡,开始给乡亲们治病。在行医时他不贪财物,对病人同情爱护,渐渐地在家乡有了点名声。

一次,一个腿疼的病人前来就诊,孙思邈便给他针灸。他按照传统的疗法,扎了几针都未能止疼。他想,难道除了《黄帝内经》中说的365个穴位之外,再没有别的穴位了吗?

他认真仔细地寻找新的穴位,一面用大拇指轻轻按掐,一面问病人按掐的部位是不是疼?

病人一直都摇头。当孙思邈手指按掐住一个新的部位时,病人立即感到腿疼的症状减轻了好多。孙思邈就在这一点扎了一针,病人的腿立刻不疼了。

这种随疼点而定的穴位,叫作"阿是穴",又名"天应穴"或"不定穴"。这是孙思邈对针灸学的一大贡献。

病人的痼疾被孙思邈治好了,他感激地对孙思邈说:"孙先生年纪不大,可医术超群,真是复生的扁鹊,再世的华佗啊!"

孙思邈听了忙说:"哪里哪里!我连父亲的雀目病,母亲的粗脖子病都治不好,哪敢与'神医'扁鹊相比呀!"

病人见孙思邈将双亲的病挂在心头很受感动,想了想说:"我家住在秦岭里面,那儿粗脖子病人很多,我表妹就患了这种病,被秦岭之巅太白山脚下的一位先生治好了。"

孙思邈听了,欣喜若狂,赶紧问道:"这位先生叫什么名字?"

病人说:"叫陈元,是江南人。"

孙思邈一心想治好双亲的病,第二天就动身赶往太白山。铜官县到秦岭的太白山有200千米旱路,交通不便,其旅途艰难是可想而知的。但是,为了给双

亲治病,孙思邈以惊人的毅力战胜了旅途上重重困难,用了半个月的时间,终于来到了美丽的太白山脚下,几经周折,找到了陈元。

陈元见孙思邈一番孝诚之心就收他为徒。陈元是个很诚实的人,他告诉孙思邈自己并不是医生,他治粗脖病的方法,是从他的父亲那里学来的,而且效果不太明显。

孙思邈还是满怀信心地住下来,一边行医,一边同陈元采药闲聊,一起探求治雀目病的方法。

一天,陈元边采药边说:"我的父亲曾经说过,不知啥原因,雀目病待人不公平,专欺侮穷人,富人就不患这种病。"

孙思邈听了心里一动:看来穷人一定是缺少某种东西才患这种病的。如果让穷人也吃上富人吃的东西,说不定能治好雀目病。想到这里,孙思邈就叫一位患有大脖子病的人接连吃了几斤猪肉,可仍不见好。

孙思邈又翻阅一些药书,见有"肝开窍于目"一条,他想:如果给雀目病人吃肝,一定会奏效的。于是他就给一位患者买了几斤牛羊肝吃。几天后,病人大有好转，又吃了一些，病人奇迹般痊愈了。

孙思邈由此受到启发，进一步探讨粗脖子病因。几经调查研究，发现这种病同长期喝一种水有关，如何治疗，还需进一步研究。

有一次，一位猎人射死一只鹿，请孙思邈去吃鹿肉，他吃着吃着，想起人们常说的一句话"吃心补心，吃肝补肝"，那么，吃鹿靥能不能治粗脖子病呢？后经实验，果然有效，而且羊靥也行。

孙思邈终于找到了治疗双亲病的有效方法。他马上收拾东西回家，用所学到的方法给父母治病。经过孙思邈的治疗，父亲的眼睛很快能在夜间看见东西了，母亲的脖子也恢复了正常。多年的心愿终于实现了，他欣慰无比。

从此以后，孙思邈更加刻苦地钻研医药知识。他曾经上峨眉山、终南山、下江州，边行医，边采集中药，边临床试验。经过多年努力，他终于著成《千金要方》一书，成为药王。

在行医过程中，孙思邈越发感觉到，一个好的医生，必须德才兼备。如只有良好的医德素养，而无过

硬的医疗技术，那也只不过是一席空谈，遇到病人也爱莫能助。

孙思邈同时还认为，国君和双亲生病，不能为他们治疗就是不忠不孝的表现。因此，对王公大臣中的病人，只要他们找到自己，他都本着"医者仁心"的宗旨，积极予以治疗。

有一次，唐太宗患病，太医们束手无策，太宗便传旨召孙思邈进宫。孙思邈为唐太宗诊脉后开了处方，一剂下去，不见起色，又服一剂，仍不见效。

唐太宗也没有责怪他，让他先回家。孙思邈心里很不痛快，路过一座山，向山民讨口水喝。

这户人家只有姐妹俩，以卖药材为生。姐姐用黄色花冲了一碗金花茶，妹妹用白色花冲了一碗银花茶。孙思邈每样茶喝一口，觉得味甘清淡，止渴清热，对两姐妹说："这两种花都可以入药。"

姐姐解释说："这两种花是一种药，刚开时为白色，盛开色变黄，叫金银花。莫说你，就是孙思邈也不认识假药呢。我们进城卖药，那些太监把我们的药全部拿走，只给一点点钱。我们气不过，就用假药骗

他们,为此,连孙思邈也治不好万岁爷的病。"

孙思邈这才恍然大悟,他立即表明身份,拜两位山姑为师,跟她们学习采药、制药。后来,孙思邈亲自采药进宫,一剂药就治好了唐太宗的病。唐太宗接受了他的忠告,责令太监上市买卖公平。

孙思邈对古典医学有深刻的研究,对民间验方十分重视,对内、外、妇、儿、五官、针灸各科都很精通,有24项成果开创了我国医药学史上的先河。他是继东汉医学家张仲景之后我国历史上第一个全面系统研究中医药的先驱者。

孙思邈对医德的建树,是不可磨灭的。他为治疗双亲而立下的最初志向,堪称行孝楷模,千百年来为人们所传颂。

欧阳修不忘母亲教诲

在宋代,随着经济的发展和文化的发达,孝悌文化也进入历史的最盛状态。北宋时期的欧阳修幼承家

教，待成年后，积极将儒家的仁爱孝悌思想贯彻于自己的实践活动中，有力地促进了宋代民间社会讲孝行孝的孝文化的发展。

欧阳修于1007年生于北宋吉州永丰，就是现在的江西吉安永丰。他出身于封建仕宦家庭，其父欧阳观是一个小吏。在欧阳修出生后的第四年，父亲就离开了人世，于是家中生活的重担全部落在欧阳修的母亲郑氏身上。

为了生计，母亲不得不带着刚4岁的欧阳修来到随州，以便孤儿寡妇能得到在随州的欧阳修叔父的照顾。欧阳修的母亲郑氏出生于一个贫苦的家庭，只读过几天书，但却是一位有毅力、有见识、又肯吃苦的母亲。

欧母不断给年幼的欧阳修讲如何做人的故事，每次讲完故事，她都把故事作一个总结，让欧阳修明白做人的很

多道理。欧母教导欧阳修最多的，就是做人不可随声附和，不要随波逐流。这对欧阳修以后在官场如何做人做事，影响非常之大。

欧阳修稍大些以后，欧母想方设法教他认字写字，先是教他读唐代诗人周朴、郑谷及当时的九僧诗。尽管欧阳修对这些诗一知半解，却增强了读书的兴趣。

眼看欧阳修就到上学的年龄了，欧母一心想让儿子读书，可是家里穷，买不起纸笔。有一次她看到屋前的池塘边长着荻草，突发奇想，用这些荻草秆在地上写字不是也很好吗？她就用荻草秆当笔，铺沙当纸，开始教欧阳修练字。

欧阳修按照母亲的教导，在地上一笔一画地练习写字，反反复复地练，错了再写，直至写对写工整为止，一丝不苟。这就是后人传为佳话的"画荻教子"的故事。

幼小的欧阳修在母亲的教育下，智力得到了很好的开发。他不但很快就爱上了诗书，而且每天还都练习写字，积累越来越多，年纪不大的时候就已能过目

论 语

成诵了。

欧阳修由于家里穷,常常去借书看,在随州城南的李家是一个藏书家。欧阳修不断的到这里与李家的孩子一起玩,时间久了,就将李家的书借回家看,无论严寒的隆冬,还是赤日炎炎的盛夏,从不间断,从不松懈。每见到书上一些好的内容,他都赶快把它抄下来。

一天,欧阳修从李家旧纸筐里,发现一本《韩昌黎文集》,经主人允许,带回家里。打开一看,大开眼界,便废寝忘食、夜以继日地阅读起来。

北宋初年,社会上多流行华丽浮躁、内容空洞的文风,而韩愈的文风与之完全不一样。欧阳修被韩愈清新自然的文章所打动。他高兴地对母亲说:"世上竟有这么好的文章啊!"

母亲告诉他说:"世上的好文章,都是先做好人,然后才写出来的。古语说'文如其人',什么样的文章,就代表着什么样的人品。"

欧阳修牢牢记住母亲的话,下定决心做个像韩愈那样的好人。无形之中,韩愈已经成了他心中的偶像。尽管欧阳修年纪尚小,对韩愈文学思想未必能全部吃透,但却为他以后革除华而不实的文风打下了基础。而正是在这种思想启迪下,一个学习韩愈、革除当时文坛上坏风气的念头,在他的脑海里油然升起。

欧阳修长大以后,到东京参加进士考试,连考3场,都得到第一名。当欧阳修20岁的时候,已是当时文学界大名鼎鼎的人物了。欧母为儿子的出众才学而高兴,但她希望儿子不仅文学成就出众,为人做事也要对得起自己的良心。

欧阳修的父亲生前曾在道州、泰州做过管理行政事务和司法的小官。他关心民间疾苦,正直廉洁,为百姓所爱戴。欧阳修长大做了官以后,母亲还经常不断地将他父亲为官的事迹讲给他听。

欧母对儿子说:"你父亲做司法官的时候,常在夜间处理案件,对于涉及平民百姓的案宗他都十分慎重,翻来覆去地看。凡是能够从轻的,都从轻判处;而对于那些实在不能从轻的,往往深表同情,叹息不止。"

她还说:"你父亲做官,廉洁奉公,不谋私利,

而且经常以财物接济别人，喜欢交结宾朋。他的官俸虽然不多，却常常不让有剩余。他常常说不要把金钱变成累赘。所以他去世后，没有留下一间房，没有留下一垄地。"

她告诫儿子："对于父母的奉养不一定要十分丰盛，重要的是要有一个孝心。自己的财物虽然不能布施到穷人身上，但一定是心存仁义。我没有能力教导你，只要你能记住你父亲的教诲，我就放心了。"

母亲的这些语重心长的话，深深地印在了欧阳修的脑海里。他还把母亲说的话记在一个本子上，放在贴身的衣袋里，经常带在身边随时翻阅。

"孝"是儿女对父母应尽的职责，是一种无私的、不计报酬的善行，而从"孝道"出发，推及社会，则能培养仁爱之心和清正廉明的品格。这种精神，在欧阳修身上有鲜明的体现。

欧阳修虽然官职不高，但是十分关心朝政，正直敢谏。当范仲淹的改革受阻，最后被贬谪到南方去的时候，欧阳修十分气愤，写信责备反对改革的人不知道人间有羞耻二字。为了支持范仲淹新政，欧阳修被一些权贵强加罪名，结果也被宋仁宗贬谪到滁州。

滁州就是现在的安徽滁县，这里四面环山，风景优美。欧阳修到滁州后，在处理政事之余，常常在山水间寄托幽情。

当地有个和尚在滁州琅琊山上造了一座亭子供游人休息。欧阳修登山游览的时候，常在这座亭上喝酒。他自称"醉翁"，给亭子起个名字叫醉翁亭。他著名的作品《醉翁亭记》，就是这个时候写成的。文章表达了"与民同乐"的思想情怀。

正如唐代大诗人李白所说的那句话："天生我材必有用"，身怀八斗之才的欧阳修当了10多年地方官后，终于被当朝皇帝宋仁宗想起。宋仁宗为欧阳修的才气所打动，把他调回了京城，担任翰林学士。

上任伊始，欧阳修便积极提倡改革文风。有一年，京城举行进士考试，恰好由他担任主考官。他认为这正是他选拔人才、改革文风的好机会，便要求阅卷者以一种全新的眼光来审视考生，如发现故弄玄虚、华而不实的文章，一概不录取。

欧阳修的录榜标准，开了一代文风，招纳了大批

人才，自然也得罪了那些华而不实的考生。颁榜的那天，有不少考生见自己落选了，对欧阳修十分不满，吵吵嚷嚷地辱骂他。有些人甚至把骑马出门的欧阳修拦住，向他讨说法。

经过这场风波，欧阳修虽然受到了一些压力，但是考场的文风从此发生了变化，大家开始摒弃那些不痛不痒、哗众取宠的文章，继而形成了朴素而自由、严谨而高雅的文风。

欧阳修不但大力改革文风，还十分注意发现和提拔人才。许多原来并不那么出名的人才，经过他的赏识和提拔推荐，一个个都成了名家。

当时最出名的文学家是曾巩、王安石、苏洵和他的两个儿子苏轼和苏辙。在文学史上，人们把欧阳修等6个人和唐代的韩愈、柳宗元合起来，称为"唐宋八大家"。

欧阳修为官秉正，但也不忘孝敬为自己备尝艰辛的母亲。他在朝廷时，有一年母亲得病，他托好友梅尧臣访求名医，为母亲治病。他移官颍州任知州时，常为颍州僻小，治疗母病缺医少药而感叹。

他在应天即今河南商丘任知府时,老母卧病,他既忙于求医问药,又时常侍奉汤药。为了让母亲早日康复,想求一僻静之地而不可得,常常思绪不佳。

1053年,欧阳修的母亲以73岁的高龄病逝于南京,欧阳修亲自将母亲遗体运送故乡,入土安葬。欧阳修在守制期间,常常怀念母亲,母亲慈祥的面容,劳碌奔波的身影,时时浮现在眼前。他深知,是母亲的谆谆教导,激励了自己成就一生的功业。

为了追悼母亲,欧阳修写下《先妣事略》,字里行间无不透出母子的绵绵深情:悲伤母亲短暂而艰辛的一生,歌颂母亲朴实而崇高的品德。他拾取母亲生前的一些日常生活琐事,娓娓道来,刻画了一位勤劳、俭朴、待人厚道、严以教子的母亲形象,寓歌颂赞美于叙事之中。

祖坟是祖先长眠的地方,照管和祭奠祖坟,追思祖先功德,无疑是行孝道的表现。欧阳修长期在外地为官,多次写信嘱托居住在庐陵的堂弟欧阳焕照管祖坟。

欧阳修的母亲一身正气,她的言传身教影响了欧

阳修的一生,使欧阳修一生光明磊落,敢说敢为,受到后人的尊敬。

朱寿昌弃官千里寻母

欧阳修行孝尽孝,给当时的人们树立了榜样,而比欧阳修只小几岁的朱寿昌,更是演绎出辞官寻母的感人一幕。

朱寿昌于1014年出生于北宋时期扬州天长同仁乡秦栏,就是现在的安徽天长秦栏镇。他为了寻找生身母亲,毅然在安徽广德府任上挂冠而走,历尽艰辛,终于找到隔绝50多年的母亲。

那是在朱寿昌7岁的时候,他的生母刘氏因为被后母嫉妒,被赶出家门另嫁他人。从此朱寿昌就和生母分离了。

朱寿昌从小就失去了母爱。他看到别的小朋友都有母亲在身边,天天嘘寒问暖,疼爱有加,非常的思念自己的母亲。

每到初冬,别的小朋友的母亲早早地为自己的孩子做好了棉衣,可是朱寿昌的生母却不在;当别的小朋友心中有了委屈,可以依偎在母亲怀里撒娇时,可是朱寿昌却不能。没有母亲的孩子,是多么盼望能像别的孩子一样,可以经常依偎在母亲的怀抱里。

朱寿昌就在这样的环境中长大,他一直努力读书。后来,朱寿昌的父亲去世,他袭父功名而为官,仕途颇为顺利。但他时时不忘生母,每天都计算着与母亲分开的日子。他在心里暗暗发誓,一定要把母亲接回来。

几十年间,朱寿昌几乎日夜思念,惦记着自己的母亲,思念之苦常常令他每每言及就涕不成声。他多次写信给在各地做官的同僚,请求代为寻觅。然

而,几十年过去,音讯杳无。

朱寿昌信奉佛教,潜心求助神灵。为了向菩萨表示诚意,不食酒肉,戒除嗜好,甚至浮屠法灼背烧顶,刺血书佛经。如此虔诚,仍无结果。

1068年,朱寿昌再升官职。到任后叹息道:"我年已50岁,尚未得见生母一面,如何为人?古人说得好'求忠臣于孝子之门'。我孝且未尽,怎好言忠!罢,罢!我宁舍一官,再往寻母,好歹总要得个确信。万一我母西归,即使阎罗殿上也要探个究竟。"

他认为,连自己的生身母亲都找不见,如何能解民于倒悬,如何为百姓树立忠孝的典范。于是,他就断然辞去官职,要亲自外出去寻找自己的母亲。

因为朱寿昌此时的年纪也大了,家里人也不放心他,都来劝阻。可是朱寿昌坚决地对家人说:"如果见不到母亲,就永远都不回来!"随即背着行囊,飘然而去。

朱寿昌行走了一年多,风餐露宿,跋山涉水,忍饥挨饿,走州过县。他一人在外,人生地不熟,遇到很多险阻,非常艰辛,可是,困难丝毫没有动摇他寻母的念头。相反,他想到和母亲分别 50 多年都不能团聚,就更加深了寻母的信念。

朱寿昌走到哪里打听到哪里,天天祈祷。他抱定必死的决心,一定要寻找到他的母亲,与自己共享天年。

这一天,朱寿昌来到了同州,身上的盘缠已用的所剩无几。朱寿昌找了一天后又累又饿,正当他准备去找间破庙休息时,从山路上跳出来一个黑衣人,拦住了他的去路。

朱寿昌见黑衣人手持大刀,知道自己遇见强盗了。黑衣人走上前来,用刀架在朱寿昌的脖子上,抢过他的包袱。黑衣人把包袱打开一看,里面只有一点碎银、几件衣服、一点干粮和一个护身符。

黑衣人见了,眉头皱起好高说道:"这么穷也出来游玩?浪费老子的时间!"说完便要扔掉朱寿昌的包袱。

朱寿昌见了忙走过去把包袱里的那个护身符抢了过来。黑衣人见了很是奇怪,用刀架在朱寿昌的脖子上问道:"那护身符里有什么东西?快说!"

 论语

朱寿昌看着护身符,流出了眼泪,良久才说道:"这护身符是我幼小生病的时候我母亲到庙里为我求的。可我却是个不孝子,50年来,不能为母亲尽一点孝。现在连母亲身在何方都不知道?"

"你是来寻母的?"黑衣人问道。

朱寿昌点了点头。黑衣人又问:"你母亲叫什么?"朱寿昌把母亲的名字告诉了黑衣人。黑衣人听后,拉起朱寿昌就往附近的村里跑去。朱寿昌不知道黑衣人为什么要这么做。

跑了不久,黑衣人把朱寿昌带到村子的一户人家的院里。黑衣人叫朱寿昌待在院里不要动,要过朱寿昌手中的护身符,急匆匆往屋里走去。

黑衣人来到厨房,只见一个白发苍苍的老妇人正在烧火。老妇人见黑衣人进来后拿起手中的柴火边打黑衣人边骂道:"你这个逆子还回来干什么?"

黑衣人立马跪了下去哭着忏悔道:"娘,我知道错了,我以后一定改过从新,不做强盗了,好好做人!娘,您别打了,您看这是什么?"黑衣人说着把那个护身符递给了老妇人。

老妇人接过护身符后,脑袋如雷击般"嗡"的一声,手中的柴火掉在了地上,直看着护身符发呆。良久,老妇人才开口问道:"你这护身符是哪里来的?"

"是一个50多岁的人的,他说他来找自己的母亲。他现在就在外面。"黑衣人指着门外说。

老妇人听后,眼泪"哗哗"地流了下来。过了一会,她对黑衣人说道:"你叫他走吧,说他的母亲不在这里。"

黑衣人走到院里,把护身符还给了朱寿昌,说道:"你走吧,你的母亲不在这里。"

朱寿昌一听,便断定自己的母亲在这里,连忙跪下后,冲着院内哭道:"母亲,昌儿知道您在里面,如果母亲大人不肯见昌儿,那昌儿便长跪不起。"

黑衣人见朱寿昌这个样子,赶也赶不走,自己就进屋去了。

老妇人听见屋外朱寿昌的话,眼泪又"哗哗"地流了下来,口中小声地直念道:"昌儿,昌儿……"

"轰隆隆……轰隆隆……"外面电闪雷鸣,很快便下起了瓢泼大雨。朱寿昌本来是又饿又累,现在又

跪在雨中，很快便晕倒在地。

老妇人见外面下起了大雨，本是不想出来的，可一想到朱寿昌还跪拜在雨中，就再也忍不住了，打着雨伞来到院中。黑衣人也来到院中。此时的朱寿昌已经晕倒在地了。老妇人叫黑衣人把朱寿昌抱进屋里。

老妇人一摸朱寿昌的额头，烫得吓人，忙对黑衣人说道："快去叫郎中来！"

黑衣人不顾外面的大雨跑了出去。老妇人则在床头边用热布帮朱寿昌擦拭额头，边用颤抖的声音轻声地呼唤道："昌儿，昌儿……"

郎中给朱寿昌吃下药后，又开了药方，叫其天亮后去药铺按方抓药便可。天刚一亮，外面还下着小雨。老妇人便叫黑衣人去药铺抓药。

当黑衣人从药铺抓药回来后，朱寿昌已经醒来。黑衣人见老妇人不在屋中，忙问朱寿昌道："我母亲呢？我母亲去哪里了？"

朱寿昌被问得丈二的和尚摸不着头脑，黑衣人见状大急，忙说道："我母亲，也是你母亲！"说完，丢下手中的药，便朝屋外跑去找老妇人。

朱寿昌听完后，如梦方醒，从床上站起来后自语道："我知道母亲去哪里了！"说完后便朝村中的破庙跑去。

朱寿昌来到破庙前，只见老妇人跪在草棚里中的佛像前祈求道："菩萨，您保佑我的昌儿早点好起来，只要我的昌儿无事，我愿意折我自己的阳寿来补偿。"

朱寿昌在在草棚外听得真切，心如刀绞，"扑通"一声跪下，大哭道："母亲，昌儿不孝，昌儿不孝！"

老妇人听见后转过头来喝道："我没有你这样的儿子！"

"母亲！"朱寿昌撕心裂肺地呼喊。

老妇人说："世上做母亲的都希望自己的儿子能有出息，可你却为了寻母，丢下百姓于不顾，世上哪有我这样的母亲？"

朱寿昌连忙解释："母亲，孩儿在任期间和百姓一起抗洪救灾，孩儿也知道丢下百姓不顾是孩儿的错，可这50年来，孩儿无时无刻都思念着母亲，想早点找到母亲尽自己的一份孝心。母亲！"

老妇人听到这里，再也忍不住了，急急地走到草

 论 语

棚外,母子两人抱在一起,泣不成声。一旁的黑衣人也奔了过来,张开双臂抱住了母亲和朱寿昌。

刘氏改嫁后的丈夫早已故去。朱寿昌便把他的母亲,连同同母异父的黑衣人,悉数接回了原籍供养、照顾。

宋代朝廷崇尚"以孝治天下",朱寿昌的孝行被朝廷知道以后,得到了充分肯定,先是"诏还就官",后被提拔"通判河中府"。当朝皇帝宋神宗赵顼还颁发圣旨,号召全天下臣民向他学习。

当时的著名人物王安石和苏轼等人听说了他的事情,都遵命或自发地写了歌颂孝子朱寿昌的文章。从此,朱寿昌弃官千里寻母之事遍传天下,孝子之名播扬遐迩。

朱寿昌再不想和母亲分开了,但母亲年纪大了,受不住车马颠簸。为了能赡养母亲,朱寿昌就要求在当地做官。上司听说了这件事,也很感动,就同意了。

几年后,母亲去世了。朱寿昌痛不欲生,几乎哭瞎眼睛。母亲去世后,朱寿昌照顾同母异父的弟弟更加周到。这时的弟弟也就是当初的那个黑衣人,早已

改邪归正，在街面上做小生意，凭借自己的双手生活。

民间传说，朱寿昌母亲活着的时候怕雷声，朱寿昌害怕母亲的亡灵受到雷声惊吓，每到春夏季，只要响雷，朱寿昌就伏在母亲坟墓上，不分昼夜护着母亲，狂风暴雨也不离开。

除了孝顺之外，朱寿昌其实还是一个非常称职的官员。朱寿昌在岳州当知州的时候，岳州湖多，湖连着湖，水上强盗多。为了缉捕水盗，朱寿昌登记民船，将民船刻上姓名，规定民船出入必须报告去向。什么地方发现强盗，检查民船的去向很快就能够找到线索抓住强盗了。水盗因此大大减少。

朱寿昌十分关心百姓疾苦。富弼、韩琦为相，派人四出巡视，宽恤民力，朱寿昌出使湖南，有人说邵州有金矿，可以开采。朝廷下诏书，同意开采。

朱寿昌上书朝廷，认为开采金矿，弊大于利，既毁坏良田，也会招来强盗抢夺，造成边境不安定。朝廷采纳了朱寿昌的建议。可见，朱寿昌的确是一个爱做好事的好官。

 论语

君子无所争

季氏旅①于泰山,子谓冉有②曰:"女③弗能救④与?"对曰:"不能。"

子曰:"呜呼!曾谓泰山不如林放乎?"

子曰:"君子无所争,必也射⑤乎!揖⑥让而升,下而饮,其争也君子。"

【注释】

旅:祭名。祭祀山川为旅。当时,只有天子和诸侯才有祭祀名山大川的资格。

冉有:姓冉名求,字子有,孔子的弟子,比孔子小29岁。

女:同汝,你。

救:挽求、劝阻的意思。

射：原意为射箭，此处指古代的射礼。

揖：拱手行礼，表示尊敬。

【解释】

季孙氏去祭祀泰山。孔子对冉有说："你难道不能劝阻他吗？"冉有说："不能。"

孔子说："唉！难道说泰山神还不如林放知礼吗？"

孔子说："君子没有什么可与别人争的事情。如果有的话，那就是射箭比赛了。比赛时，先相互作揖谦让，然后上场。射完后，又相互作揖再退下来，然后登堂喝酒。这样的争，也是君子之争。"

【故事】

兄弟争磨县官调解

吴起是战国初期著名的政治改革家，卓越的军事家、统帅，兵家代表人物。吴起喜好用兵，一心想成

论 语

就大名。

吴起做将军时，和最下层的士卒同衣同食。睡觉时不铺席子，行军时不骑马坐车，亲自背干粮，和士卒共担劳苦。

士卒中有人生疮，吴起就用嘴为他吸脓。这个士卒的母亲知道这事后大哭起来。别人说："你儿子是个士卒，而将军亲自为他吸取疮上的脓，你为什么还要哭呢？"

母亲说："不是这样。往年吴公为他父亲吸过疮上的脓，他父亲作战时就一往无前地拼命，所以就战死了。现在吴公又为我儿子吸疮上的脓，我不知他又将死到哪里了，所以我哭。"

在一次行军途中，传令兵要向他传达国王的命令。当来到将军的战车前时，战车上却没有吴起。旁边的士兵告诉传令兵："大将军行军从不坐车，你到前边去找他吧！"

传令兵打马向前，好不容易才找到吴起。只见他一身士兵打扮，和士兵一样背着干粮袋子在徒步行军。吴起之所以能够成为一个百战百胜的将军，除了他的军事谋略高人一筹外,他以身作则、爱护士卒也是很重要的原因。

萧何为官居安思危

汉代初期管理者吸取秦代灭亡教训,居安思危,采取了与民休息的政策,轻徭薄赋,奖励农耕,以巩固新生政权。这一基本国策,不仅使先秦时期的"公仆意识"有了新的内涵,也促使了西汉初年第一个有忧患意识的清廉官吏的出现,他就是萧何。

萧何,早年任秦沛县狱吏,秦代末期辅佐刘邦起义,后任刘邦的丞相,位列众卿之首。

萧何对刘邦战胜项羽,建立汉王朝起了重要作用。但在无上的尊崇面前,他没有居功自傲,因为他一直相信"祸福相依"。而后来的历史,也证明了他的处世态度的正确性。

那是在刘邦登上帝位后不久,刘邦对跟随自己打

天下的人论功行赏。刘邦认为萧何功劳最大，封他为酂侯，食邑最多，被称为"开国第一侯"。

萧何身居要职，依然殚精竭虑，继续对刘邦的大汉王朝的稳定和兴盛勤勉工作。在行赏分封诸侯后，定都的问题又迫在眉睫。起初打算定都洛阳，后来考虑到关中的险要形势，决定定都咸阳，刘邦暂居栎阳。于是命丞相萧何营建咸阳。

萧何在营建咸阳时，完成了"两宫一库一仓两阁"的工程建设。两宫指长乐宫，未央宫；一库指武库；一仓指太仓；两阁指大禄阁与石渠阁。

长乐宫是汉代开国时朝廷所在地，未央宫是君臣朝会的地方。武库用于藏兵器，其用意非常明确。太仓是国家的贮备粮库，关系着千百万人的生命。天禄阁是藏典籍之所，石渠阁是藏国家档案的地方，相当重要。两阁作为国家档案馆和国家图书馆的建立，对保护文献资源，发扬传统文化做出了重大的贡献。

公元前199年，皇宫竣工，萧何奏请刘邦从栎阳迁都咸阳。刘邦指着未央宫的四周，对萧何道："此处可以添筑城垣，作为京邑，就叫长安吧！"从此，咸阳便更名为长安了。西汉定都于长安，历时200余年，萧何成为该城的最早的规划者和设计者。

建都关中，经营长安，是萧何在汉王朝正式建立之初做出的第一业绩，它起到了稳定汉政权的重大作用。此后，萧何转入了制定律法、健全制度和"无为而治"的全面建设汉王朝的工作之中。

公元前195年秋，黥布起兵反叛，刘邦御驾亲征。萧何因为多有功劳，刘邦曾经对他恩宠有加。但刘邦身在军中，对萧何有些不放心，就多次遣使者问相国萧何在做什么。

萧何的身边有一名都尉率领 500 名兵士做护卫，因为他圣眷日隆，众宾客纷纷道贺，喜气盈庭。萧何也非常高兴。

这天，萧何在府中摆酒席庆贺，喜气洋洋。突然有一个名叫召平的门客，却身着素衣白履，昂然进来吊丧。萧何见状大怒道："你喝醉了吗？"

这位名叫召平的人，原是秦王朝的东陵侯。秦国灭亡后隐居家中种瓜，味极甘美，时人称之东陵瓜。萧何入关，闻知贤名，招至幕下，每有行事，便找他计议，获益匪浅。今天，他见萧何仍未领会他的意思，便说："您不要再这样喜乐了，否则后患无穷！"

萧何不解，问道："我进位丞相，是皇帝对我的宠眷，而且我遇事小心谨慎，不敢稍有疏虞，君何出此言？"

召平说道："主上现在南征北伐，亲冒矢石。而您安居都中，不与战阵，反得加封食邑，我揣度主上之意，恐在怀疑您。您不见淮阴侯韩信的下场吗？"

萧何一听，猛然惊出一身冷汗。

召平接着说："您位极人臣，富贵之至，百姓们都亲附您。皇上之所以屡次派人来问您的情况，是怕您利用自己的威望图谋不轨。如今您何不买些民间田宅，败坏一下自己的名声，皇上对您就放心了。"

萧何恍然大悟，马上先是强买民间田宅，自污名节，然后低价卖了自己的封邑，并拿出许多家财，拨入国库，作为军需。

刘邦身在前方，每次萧何派人输送军粮到前方时，刘邦都要问："萧相国在长安做什么？"

使者回答，萧相国爱民如子，除办军需以外，无非是做些安抚、体恤百姓的事。

刘邦凯旋时，百姓们拦路上书，控告相国贱买、强买民间田宅，价值数千万之多。

刘邦回到宫中，萧何去拜见，刘邦笑着说："当相国的竟然侵夺百姓的财产，为自己谋利啊！"然后把控告信全部交给他，说，"你自己去向百姓谢罪吧！"

萧何觉得对不起百姓，乘机请求说："长安一带地方狭窄，而上林苑中空地很多白白荒废，希望您下令让百姓进去耕种，他们收了庄稼，留下禾秸作为苑

中禽兽的食料。"

刘邦一听大怒，说："你一定收了很多商人的财物，替他们来算计我的上林苑！"下令交给廷尉法办，还给他上了刑具。

过了几天，刘邦手下一个姓王的卫尉问刘邦："相国犯了什么大罪，陛下怎么突然把他关起来了？"

刘邦说："我听说李斯做秦始皇的宰相时，办了好事都归功于君主，有了过失则自己承担。现在相国却收了商人们许多财物，替他们求取我的上林苑，想以此讨好百姓，所以把他关起来治罪。"

王卫尉说："在自己职责范围内，事情只要有利于民，就为他们向君主请求，这真是宰相应做的事，陛下怎么怀疑相国是接受了商人的贿赂呢？况且，当初陛下在外征战多年，那时相国留守关中，如存异心，只要稍有举动，函谷关以西就不属陛下所有了。

"相国不在那时为自己谋利，现在难道会贪图商人的金钱吗？再说秦始皇就是因为不知己过而失天下，李斯为主担过的做法，又有什么值得效法的呢？陛下怎能如此浅见地怀疑相国。"

刘邦听了，心中虽不愉快，但还是当天就遣使赦免了萧何。

萧何当时已是60多岁的老人了，见刘邦开恩释放了自己，更是诚惶诚恐，谨慎恭敬。虽然因为全身带上刑具，害得他手足麻木，连路都快走不动了，而且蓬头赤足，污秽不堪，但立即回府沐浴，然后上朝谢拜天子之恩。

刘邦见萧何如此狼狈，也觉得有些过意不去，便安抚萧何道："相国不必多礼。这次的事，原是相国为民请愿，我不允许。我不过是夏桀、商纣那样的无道天子罢了，而你却是个贤德的丞相。我之所以关押相国，就是要让百姓知道你的贤能和我的过失啊！"

刘邦的这段话虽然言不由衷，但对萧何的廉政为民，终于还是默认了。从此以后，萧何对刘邦更是诚惶诚恐，恭谨有加了。刘邦也照例以礼相待。

萧何虽然常驻富贵乡里，内心却一直有种忧虑，不只对生前，也对身后。他初封侯时，食邑8000户，后来又加封了2000户，而他的父子兄弟共10余人全都有食邑。这样的待遇算得上是全国的首富了，但他

依然勤俭持家。

《史记》记载：萧何购置土地房屋，必定选择穷乡僻壤的地方，营造宅第也从来不修建围墙。

萧何曾经说过这样的话："后世贤，师吾俭；不贤，毋为势家所夺。"意思是说：后代子孙如果贤德，可以从中学我的俭朴；如果不贤无能，这种房屋也不会被有势力的人家所侵夺。

萧何的这种思想，比那些贪心不足、欲为子孙谋百世计的官吏，其实高明多了。而他身居要职，不居功自傲，能够居安思危，做人做官克勤克俭的精神，更是很值得发扬光大。

黄霸为政外宽内明

汉代初期推行教化治国，因而教化大行其道。在以教化为己任的官员中，黄霸可算是一位佼佼者。

黄霸，是西汉时期著名大臣。他性情温良懂得谦让,为政外宽内明,力劝耕桑,推行教化,治为当时第一。

黄霸自幼学习法律之学,有大志,喜欢做官,年轻时就成为乡里豪杰。汉武帝末年,他因纳钱以待诏的身份被赏官职,管理郡国钱粮的出入之数。后因为官廉正,又精明能干,足智多谋,富有领导才能,升任河南郡太守丞,成为辅助郡守县令的主要官吏。

黄霸善于观察,思维敏捷,又通晓法律,温和善良又能谦让,足智多谋,善于驾驭众人。他担任太守丞时,处事及议论都符合法律,适合人心,太守非常信任他,吏民都爱戴尊敬他。

汉宣帝即位时,听说黄霸执法公平,便征召黄霸担任廷尉正,多次决断疑难官司,众廷尉都称赞黄霸公平。不久,又下诏以德行最优命其担任颍川太守。

在当时,颍川郡管辖20个县,有好几个县的居

民聚集，围攻县府，郡太守逃往京城向汉宣帝求救，要求派武将镇压"刁民"。黄霸就是在这种情况下走马上任的。

黄霸不坐轿，不骑马，不鸣锣开道，而是微服私访，骑着骡子带一个管家进入了颍川地界。在一路上，他看到逃荒要饭的百姓一拨又一拨，就和这些百姓聊起来，问他们为何要背井离乡。

逃荒者说他们的土地被豪强恶霸掠夺去了，无田可种，不逃荒就得饿死。黄霸问为何不去县衙告状，逃荒者哭诉：进衙门告状，未开口先挨打，谁还敢去啊！

黄霸明白了，不是颍川"刁民"难弄，而是豪强恶霸作祟。于是他向汉宣帝写了一份奏章，火速发往京城，恳请皇上恩准在颍川开仓放粮，把颍川郡几万流亡农民安置好，这样皇上的新政新法令就能在颍川实行，颍川的"刁民"也就治理好了。

汉宣帝答应了这个合情合理的要求。所以，黄霸到颍川第一件事就是出安民告示，教化百姓，学习法令。并还派人到邻县和官道上贴告示，号召流亡农民回乡，凡回家开荒种田者发放粮食，发放种子，免税免劳役。

为了赢得百姓的信任，黄霸带头脱掉官服官靴，下地拉犁耕地。他的做法一传十，十传百，外出逃荒的流亡农民纷纷回来了。

为了让流亡农民安心，不再外逃，黄霸责令各县县令安置逃荒者，违者重罚，不听者革职，到各县暗自察访，检查督促。

他训令各县：

> 流亡农民不想造反，也不想背井离乡去逃荒。各县应该明白，这些逃荒流亡农民既是劳动力，又是社会不稳定的因素，把这些流亡农民安置好了，也是你们尽心尽职的政绩了。

黄霸到颍川上任，不光安抚平民百姓，还着力对官员进行教化，让他们心服口服。他把颍川郡20多个县令叫到大堂来，让他们一个个背诵汉宣帝的新政

新法令"六条问事",会背诵的就放走,不会背诵的留下来读。他说连皇上的新政新法都不懂,如何去治理百姓?这一招比打20板子还疼。

有一个县令读"六条问事"读得浑身发抖跪在地上,磕头如捣蒜地说:"大人,我认罪,我错了,请大人赏我一个全尸。"因为他的所作所为与"六条问事"条条沾上了边,如按法惩办,必死无疑。

黄霸认为,考察的目的应在防患于未然,而不是事发后的追究与处理。所以,那个县令和其他20多个县令个个心悦诚服。

所谓"六条问事"是考察地方官员的标准,内容包括不许"田宅逾制"、"背公向私"、"侵渔百姓"、"聚签货赂"等。黄霸到任后将这"六条问事"法令在大街小巷到处张贴,大张旗鼓地宣传,老百姓个个知道了,人人感恩皇上,让官吏自觉遵守。

为了培养和稳定官员,黄霸大力推行教化,让他们在职位上长期工作,并尽职尽责,从不轻易替代,以避免损伤长吏。

论 语

有一个姓许的县丞，年老体衰，患有耳病，督邮将此事告诉太守黄霸，并建议赶走他。

黄霸说："许县丞是廉洁的官吏，虽然年纪老，还能做接待迎送的工作，只是稍微耳聋，有什么妨碍呢？姑且好好帮助他，不要伤了贤者的心啊！"

有人问这么做的缘故，黄霸认为，频繁地更换长吏，送别旧人和迎接新人的费用，以及有的奸诈官吏在交接之际藏匿簿书，盗窃公家的财务，致使耗费非常大，而这些耗费都是从百姓那里取得的。况且所更换的新官吏又不一定贤良，有的还不如旧官吏，只是相互增加制造乱子。

他说："大凡治理之道，不能太过苛求。"因此，坚持以教化的方式对待职官。

黄霸安抚了平民百姓，教化了官员，待经济上打下了一定基础后，又开始打击豪强地主、恶霸、地痞。凡证据确凿，便狠狠地打击，让他们补足拖欠朝廷的税款，返还强占百姓的土地、粮食、牲畜、房屋。

当然，黄霸也不忘教化他们，给他们出路，让其

论语

全家老小开荒种田，自食其力。其他豪强地主害怕了，便老老实实上缴税收，偷偷地返还强占来的土地，黄霸也就不再追究。

黄霸又鼓励农民种树、养猪、养鸡鸭、养蚕桑，并下令禁止用粮食喂马，把汉宣帝的休养生息政策逐一贯彻，使百姓安居乐业而感恩皇上。

这一方法也使那些顽固不化的豪强地主不敢轻举妄动，因为他们害怕戴上反抗朝廷的罪名。

黄霸颍川大刀阔斧、布施恩德，经过几年的精心治理，颍川出现了"田者让畔、道不拾遗"的太平景象，实现了汉宣帝倡导的国家安治。而黄霸也因为他的外表宽厚而内心清明，得到了官吏和百姓的爱戴。

汉宣帝认为黄霸是良吏中政绩保存时间最长的优秀者，于是下诏称赞他：

颍川太守黄霸，宣布诏令，百姓向往教化，子孝、弟悌、妇贞、孙顺一天比一天增多，耕作者相让于田界，道不拾遗，看顾鳏

寡之人，供养贫穷之人，有的监狱八年没有犯大罪的囚犯，吏民向往教化，品行道义兴起，可称得上是贤人君子了。

汉宣帝认为黄霸贤能，封爵关内侯，赐黄金100斤，俸禄2000石。黄霸却把100斤黄金捐献给颍川郡治理河道，自己分文不留。此后不久，汉宣帝征召黄霸担任太子太傅，后迁升为御史大夫。

黄霸的才能在于擅长管理百姓，东汉史学家班固评论说："自从汉朝建立以来，要讲治理百姓的官吏还是数黄霸第一。"

召信臣一心为民兴利

西汉时期由于实行与民休息的基本国策，因此能否为百姓谋福利，被认为是判定一个官员是否合格的重要标志之一。召信臣继承勤俭廉政传统，为官励精

图治,为民兴利,堪称一个合格的父母官,赢得了时人和后世的赞誉。

召信臣,因明经甲科出身任职郎中,补授谷阳长。后因官吏的考绩优等,升迁为上蔡长。他为官视民如子,所到之处都为民众称颂。后越级提拔为零陵太守,又因才调任南阳太守。

召信臣任南阳太守时,正是西汉王朝由极盛开始衰败的时期。南阳与其他地方一样,旧的风俗盛行,腐败的社会风气使南阳社会秩序混乱,盗贼横行,百姓苦不堪言。

在当时,南阳民间遇到红白喜事都要大操大办,破费巨大,弄得百姓叫苦不迭。许多人家因嫁女娶媳

生老病终而花费大量钱财,从而数年不得翻身。有的只图一时好看而忍痛借高利贷,最终家庭破败。

召信臣深知陋俗的危害,下决心改变这股恶习。他一面大力倡导勤俭节约、量力而行,一面下令禁止婚丧嫁娶时铺张浪费。从此以后,南阳风俗大变。

南阳地区地主势力很大,攀比之风更盛,豪富们与府县官吏、游手好闲的纨绔子弟相互勾结,依仗权势,推波助澜,鱼肉乡里。

召信臣对南阳的地主势力非常反感,曾对他们多有规劝,晓以利害,并根据实际情况采取不同的处置办法。对游手好闲的责令痛改前非,对已经当官的罢黜不用,对违法乱纪的则绳之以法,严厉打击了地方恶势力。一时间,南阳社会安定,盗贼狱讼之事罕见,郡中之人莫不努力耕稼农田。

召信臣为人勤奋努力,有办法有谋略,喜欢替老百姓兴办有益的事,一心要使他们富足。他亲自鼓励百姓从事农业生产,在田间小路出入,停留和住宿都不在乡里的亭台馆舍中,很少有安闲地休息的时候。

他巡视郡中的水流泉源,开通沟渠,修筑水闸和

防水的堤坝总共几十处。先后修成六门堰、钳卢陂等著名水利工程,溉田多至 20 万公顷,南阳遂成为与关中郑国渠、成都都江堰齐名的全国三大灌区。百姓得到了水利工程带来的好处,有了多余的粮食来贮藏。

他为百姓制定了均衡分配水源的规定,刻在石碑上竖立在田边,以防止争斗。

府县官吏家中子弟喜欢闲游,不把耕田劳作当重要的事看待,他就斥责罢免他们,严重的还要追究他们,用行为不法的罪名处治他们,用这种做法显示他崇尚劳动厌弃懒惰。

召信臣管治的地方教化得以广泛推行,郡中的人没有谁不尽力从事农业生产,百姓归依他,住户人口成倍增长,盗贼和诉讼案件减少以至于停息。

召信臣千方百计除奢靡之风,倡导勤劳节俭,深受百姓欢迎,百姓都称他为"召父"。为纪念这位"召父",南阳吏民为他立祠造庙,世世祭祀不绝。

当时南阳郡归属荆州刺史部,荆州刺史曾经上报召信臣替百姓做好事,他管辖的郡因此充实富足。皇帝赏赐召信臣黄金40斤，又迁召信臣为河南太守。召信臣一如既往，治行考核常常都是第一等。

汉元帝最后一年，召信臣升任少府。他坚持勤俭治国节约开支。任职不久，奏请压缩土木工程，一些皇帝很少光顾的宫馆，停止修葺和铺张陈设。又奏请取消由宦官组成的皇家乐队，提议将供给宫馆卫队的物品削减一半。这样，在一定程度上限制了腐化风气的发展。

召信臣任少府以前，太官园中就已经种植冬天生长的葱、韭等蔬菜。这些植物种在暖房中，白天夜晚都要燃烧没有光焰的火，植物也要等达到一定的温度时才能生长。这样的温室耗资可想而知。

召信臣任少府后，认为这些设施劳民伤财，应该取消。于是，他提出这些都是不合季节的东西，对人体有害，不适合用来供奉给皇上，就奏请皇帝免除这一切。仅这一项，每年节约开支数千万钱。

《汉书》中，两次将召信臣列为西汉"治民"的名臣之一，可见在当时召信臣也已声名卓著。后世人认为，召信臣对南阳的贡献，足以和修都江堰的李冰

对四川、开"漳河十二渠"的西门豹对邺县的贡献相媲美。

济世救人的药王孙思邈

孙思邈7岁时读书,就能"日诵千言",每天能背诵上千字的文章。西魏大将独孤信赞其为"圣童"。但是,孙思邈幼年体弱多病,汤药之资而罄尽家产。由于幼年多病,他18岁立志学医,20岁即为乡邻治病。

孙思邈对古代医学有深刻的研究,对民间验方十分重视,一生致力于医学临床研究,对内、外、妇、儿、五官、针灸各科都很精通,有多项成果开创了我国医药学史上的先河。特别是在论述医德思想,倡导妇科、儿科、针灸穴位等方面,都是前无古人。

孙思邈是继张仲景之后我国第一个全面系统研究中医药的先驱者,为祖国的中医发展建树了不可磨灭的功德。

　　孙思邈治疗过很多病人，并把各个病人的病状和在医疗过程中的情况，详细记录下来。他在总结自己行医经验，参考大量古今资料的前提下，创作了《千金要方》和《千金翼方》等重要著作。从孙思邈的医学著作里我们可以看出，他既有实事求是的科学精神，又有卓越的创造才能。

　　在治疗疑难杂症方面，孙思邈有独到的见解和方法。他善于总结经验，并且根据自己长期的临床实践，创造性地提出了很多治疗疾病的有效方法。

　　在当时，山区的人很容易患粗脖子病，这就是现代医学所说的因缺碘导致的单纯性甲状腺肿大。孙思

邈当时虽然不知道什么叫作碘质,但他已经知道这种病是由于久居山区而引起的,并且用昆布、海藻等含碘丰富的动、植物,完全可以治疗这种病。

对于医治夜盲症和脚气病的方法,孙思邈说,牛肝明目,肝补肝,明目。他用动物肝脏给患夜盲症的人当药服用,而动物的肝脏正是含有大量维生素 A。

对于医治脚气病,孙思邈则用杏仁、防风、吴茱萸、蜀椒等含维生素 B 很多的药品来治疗。他还说,用谷皮煮汤和粥吃,可以防止脚气病,而谷皮也是含有一定的维生素 B。

在药物研究方面,孙思邈除了研究治疗营养缺乏病的药物以外,对一般药物也很有研究。例如他用白头翁、苦参子、黄连治疗痢疾,用常山、蜀漆治疗疟疾,用槟榔治绦虫,用朱砂、雄黄来消毒等,都收到了很好的效果。

他在著作中列举了 600 多种药材,其中有 200 多种都详细地说明了什么时候可以采集花、茎、叶,什么时候适宜于采集根和果。

孙思邈还曾经用疯犬的脑浆来治疯犬病。这就是所谓"以毒攻毒",用毒物和病菌来增强人的抗病力量。这与后来用种牛痘来预防天花,接种卡介苗防止肺结核,以及用其他种种疫苗来预防疫病,是同一个道理。

孙思邈还提出妇儿分科的主张,特别注意妇女和小孩疾病的医治。他在自己的著作中阐释了相关的治疗指导思想:没有小孩就没有大人,如何把小孩抚育好,是很重要的问题。他的著作首先讲妇女和小孩的疾病,然后再讲成年和老年的疾病。

孙思邈特别指出,妇女的病和男子的病不同,小孩的病和成年人的病不同,所以在治疗时应该特别注意。

孙思邈主张小儿病和妇女病都应该另立一科,后来妇科、小儿科医学理论和医疗技术的发展,证明孙思邈这一主张的正确。

孙思邈在他的著作中,对于如何处理难产,如何治疗产前产后的并发症,有详细的说明。

孙思邈说:"孕妇不能受惊,临产的时候精神要安静,不能紧张,接生的人和家里的人都不能惊慌,或者流露出忧愁或不愉快的情绪。"他认为这些都容易引起难产或产妇的其他病症。

另外,孙思邈对于胎儿和小儿的发育程序的记载,也是很正确的。婴儿生下来以后,要立刻擦去小嘴里的污物,以免窒息或者吃下去引起疾病。婴儿生下来如果不哭,就要用葱白轻轻敲打,或者对小嘴吹气,或者用温水给婴儿沐浴,直至婴儿能哭出声来为止。这一切都是合乎科学的。

关于抚育小孩,孙思邈主张衣服要软,但不能太厚、太暖。要把小孩时常抱到室外去晒晒太阳,呼吸新鲜空气,否则小儿会像长在阴暗地方的花草,身体一定软弱。小孩吃东西也不能过饱。他还对选择乳母的条件,哺乳的时间、次数和分量,以及其他种种护理方法,也都作了说明。

他的这些见解,到今天都还有一定的实践意义。

孙思邈还提供了预防疾病的方法。讲求卫生、预防疾病,在孙思邈的医学思想上占着重要的地位。

孙思邈在《千金方》里,曾经介绍用苍术、白芷、丹砂等来消毒的方法,防止病菌的传播。他告诫人们不要随地吐痰，注重公共卫生。

孙思邈特别提醒人们，要注意节制身心活动，不要过分疲劳。

他说："人一定要劳动，但不要过分疲劳。"他还强调合理饮食。他说："吃东西要嚼烂、缓咽，不要吃得过饱，饮酒不能过量，肉要煮烂再吃。"

此外，他还劝大家饭后漱口，睡眠时不要张着口，不要把头蒙在被子里睡，不要在炉边或露天睡眠等。上述这些建议都是值得被采纳的有效措施。孙思邈能够活到100多岁，这同他注意卫生、预防疾病有很大的关系。

孙思邈在针灸方面有突出的贡献。他绘制了《明堂针灸图》，对针灸的腧穴加以统一。他强调针、药应该并用，他说："针而不灸和灸而不针，不是好医生；针灸而不药，或药而不针灸，也不是好医生。针药并用，才是良医。"

这种用综合治疗方法来提高医疗效果的思想，扁鹊和华佗都很重视，孙思邈则特别加以提倡。这种思想，今天已得到了很大的发展。

孙思邈提出"大医精诚"的宏论,至今仍对临床医生具有广泛的教育意义。

他要求医生对技术要精,对病人要诚。他认为医生在临症时应安神定志,精力集中,认真负责。不得问其贵贱贫富,长幼美丑,怨亲善友,本族外族,聪明愚昧,应该要一样看待。在治疗中,医生要不避危险、昼夜、寒暑、饥渴与疲劳,全心赴救病人,不得自炫其能,贪图名利。

事实上,这也正是孙思邈身体力行,躬身实践的写照。

孙思邈在医药医疗上还创造了很多个"第一":第一个完整论述医德;第一个治疗麻风病;第一个发明手指比量取穴法;第一个创立"阿是穴";第一个提出用草药喂牛,而使用其牛奶治病的人;第一个提出并试验成功野生药物变家种;第一个发明导尿术等。

孙思邈一生以济世活人为己任,他的高尚医德和高超医术足为百世师范!

论 语

我国科学史上之翘楚沈括

沈括生于一个官僚家庭。他的祖父、父亲、外公、舅舅都做过官,母亲许氏,又是一个有文化教养的妇女。在良好的家庭环境中,沈括14岁就读完了家中的藏书。

后来他跟随父亲到过福建、江苏、四川和京城开封等地,有机会接触社会,对当时人民的生活和生产情况有所了解,增长了不少见闻,也显示出了超人的才智。

1063年,沈括考中进士,此后,他参与王安石变法运动,赴两浙考察水

 论 语

利，出使辽国，任翰林学士，整顿陕西盐政等。他文武双全，不仅在科学上取得了辉煌的成绩，而且为保卫北宋的疆土也作出过重要贡献。

北宋时期，阶级矛盾和民族矛盾都十分尖锐。辽和西夏贵族统治者经常侵扰中原地区，掳掠人口牲畜，给社会经济带来很大破坏。

沈括坚定地站在主战派一边，在1074年担任河北西路察访使和军器监长官期间，他攻读兵书，精心研究城防、阵法、兵车、兵器、战略战术等军事问题，编成《修城法式条约》和《边州阵法》等军事著作，把一些先进的科学技术成功地应用在军事科学上。

沈括还对弓弩甲胄和刀枪等武器的制造进行过深入研究，为提高兵器和装备的质量作出了一定贡献。

沈括辛勤努力，刻苦钻研，终于获得了辉煌的科学成就。这些成就集中体现在他晚年于镇江梦溪园写成的《梦溪笔谈》一书中。

《梦溪笔谈》不仅为我们介绍了我国古代劳动人民在科学技术方面的成就，保存了丰富的极有价值的

资料；同时也使我们了解到这位杰出的学者在科学上的贡献和认真不苟的研究态度。

《梦溪笔谈》共 26 卷，另有《补笔谈》3 卷，《续笔谈》1 卷，共 609 条。涉及的方面非常广泛，内容极其丰富。下面分别就天文、历法、数学、物理、化学、地学、医药和生物、历史与考古、艺术等主要内容略加介绍。

在天文方面，据《梦溪笔谈》记载，沈括曾连续用了 3 个月的时间，每天夜间用天文测量用的"窥管"观测北极星的位置。他把初夜、中夜和后夜所看到的北极星的方位分别画在图上，一共画了 200 多幅图。经过精心研究，最后他得出了当时北极星同北极的距离为 3 度多的科学结论。

在历法方面，沈括主张实行阳历，就是不以月亮的朔望定月，而是根据节气定月，取消闰月，也就是把一年分为 12 个月，大月 31 天，小月 30 天。实行这种历法，就可以避免计算和安排闰月的麻烦，同时节气也会更准确。

这是一种科学、进步的历法，当时如能采用，对

农业生产是有很大便利的。但是由于保守派的反对，他的新历法没有被采用。

沈括的新历法当时虽然没有实行，但是在他的援引和帮助之下，当时一位平民出身的历算家卫朴得以进入司天监，担任改革旧历法的工作。经过5年的努力，卫朴完成了一部比前代历法更为精密准确的《奉元历》。这部《奉元历》曾在宋朝颁行了18年。

沈括在数学方面也有精湛的研究。他从实际计算需要出发，创立了"隙积术"和"会圆术"。沈括通过对酒店里堆起来的酒坛和垒起来的棋子等有空隙的堆体积的研究，提出了求它们的总数的正确方法，这就是"隙积术"，也就是二阶等差级数的求和方法。

沈括的研究，发展了自《九章算术》以来的等差级数问题，在我国古代数学史上开辟了高阶等差级数研究的方向。

此外，沈括还从计算田亩出发，考察了圆弓形中弧、弦和矢之间的关系，提出了我国数学史上第一个由弦和矢的长度求弧长的比较简单实用的近似公式，这就是"会圆术"。

"会圆术"的创立，不仅促进了平面几何学的发展，而且在天文计算中也起了重要的作用，并为我国球面三角学的发展作出了重要贡献。

在物理方面，沈括发现了地磁偏角。《梦溪笔谈》记载了一些有关磁学的知识。

沈括除了用磁石磨制钢针，制成了人造磁性指南针之外，还在《梦溪笔谈》中介绍了自己所发明的支挂指南针的4种不同的方法：第一种是浮在水面上；第二种是搁在指甲上；第三种搁置在碗边上；第四种用丝悬挂着。

4种方法以悬丝法最为完善，最适宜于在动荡不定的海船上使用。沈括发现指南针所指的方向不是正南而稍微偏东的现象，这就是现代物理学所称的"磁偏角"。

在光学方面，沈括也有重要发现。当他看见凹面镜映入的物体呈现倒影现象后，便进行反复试验：用手指对准镜面，镜面上映出的是正像；但当他把手指向后移到焦点上时，镜面上的影像就看不见了。然后他再把手指离开焦点逐渐向外移开，镜面上便出现了

论语

倒像。他还用凹面镜做过向日取火的实验。沈括通过这些实验最后得出光线通过小孔同焦点形成"光束"的光学原理。

在化学方面,沈括也取得了一定的成就。他在出任延州时曾经考察研究延州境内的石油矿藏和用途。他利用石油不容易完全燃烧而生成炭黑的特点,首先创造了用石油炭黑代替松木炭黑制造烟墨的工艺。

他已经注意到石油资源丰富,还预测到"此物后必大行于世",这一远见已为今天所验证。另外,"石油"这个名称也是沈括首先使用的,比以前的石漆、石脂水、猛火油、火油、石脑油、石烛等名称都贴切得多。

在《梦溪笔谈》中有关"太阴玄精"的记载里,沈括根据物质形状、潮解、解理和加热失水等性能的不同,区分出几种晶体,指出它们虽然同名,却并不是一种东西。他还讲到了金属转化的实例,如用硫酸铜溶液把铁变成铜的物理现象。

他记述的这些鉴定物质的手段,说明当时人们对物质的研究已经突破单纯表面现象的观察,而开始向物质的内部结构探索进军了。

沈括在地学方面也有许多卓越的论断，反映了我国当时地学已经达到了先进水平。他正确论述了华北平原的形成原因：根据河北太行山山崖间有螺蚌壳和卵形砾石的带状分布，推断出这一带是远古时代的海滨；而华北平原是由黄河、漳水、滹沱河、桑乾河等河流所携带的泥沙沉积而形成的。

当他察访浙东的时候，观察了雁荡山诸峰的地貌特点，分析了它们的成因，明确地指出这是由于水流侵蚀作用的结果。他还联系西北黄土地区的地貌特点，作了类似的解释。

他还观察研究了从地下发掘出来的类似竹笋以及桃核、芦根、松树、鱼蟹等各样化石，明确指出它们是古代动物和植物遗迹，并根据化石推论了古代自然环境。这些都表现了沈括可贵的唯物主义思想。

沈括视察河北边防的时候，曾经把所考察的山川、道路和地形，在木板上制成立体地理模型。这个做法很快便被推广到边疆各州。

1076年，沈括奉旨编绘《天下州县图》。他查阅

论语

了大量档案文件和图书,经过近20年坚持不懈的努力,终于完成了我国制图史上《守令图》这部巨作。

这是一套大型地图集,共计20幅,其中有大图1幅,长1.2丈,宽1丈;小图1幅;按当时行政区划,全国分作18路,据此制作各路图18幅。图幅之大,内容之详,都是以前少见的。

在制图方法上,沈括提出分率、准望、互融、傍验、高下、方斜、迂直等9个方法。他还把四面八方细分成24个方位,使图的精度有了进一步提高,为我国古代地图学作出了重要贡献。

沈括还应用比例尺的办法来表明地图上的实际距离。他在地图上把50千米缩成2寸,绘成一部"天下郡县图",同时又把全国郡县的位置用文字详细准确地记录下来。这样,即使地图遗失了,还可以根据记录重新绘制。

沈括所用的这种绘图方法是很科学的。我们现在用的一般地图,除了测量地形用的仪器比以前更精确和利用经纬线以外,基本原理和沈括所用的并没有什么不同。

沈括对医药学和生物学也很精通。他在青年时期就对医学有浓厚兴趣,并且致力于医药研究,收集了很多验方,治愈过不少危重病人。同时他的药用植物学知识也十分广博,并且能够从实际出发,辨别真伪,纠正古书上的错误。曾经提出"五难"新理论。

沈括的医学著作有《沈存中良方》等。现存的《苏沈良方》是后人把苏轼的医药杂说附入《良方》之内合编而成的,现有多种版本行世。《梦溪笔谈》及《补笔谈》中,都有涉猎医学,如提及秋石之制备,论及44种药物之形态、配伍、药理、制剂、采集、生长环境等。

在历史与考古方面,《梦溪笔谈》中保存了许多有价值的科学史资料。最主要的是关于活字板印刷术、水利和建筑方面的记述。

《梦溪笔谈》中关于活字板印刷术的记载,是我们今天对于毕昇的活字板印刷术的设备和使用情况所能得到的唯一详尽的资料。我们今天还能够这样清楚地了解到1000多年前这一伟大发明的情形和具体操作方法,这不能不归功于沈括。

 论 语

《梦溪笔谈》中记录了一些重要历史事件的真实情况，特别是对于993年四川王小波、李顺所领导的农民起义有一段比较详细的记述。

他在这一段记载中以生动、凝练的文字记下了起义军的进步政策和严明的纪律。从中我们可以看出，沈括本身虽然是封建统治阶级中的人物，但是他对于农民起义的记载还是比较真实的，敢于揭露历史的真相。

此外，沈括在《梦溪笔谈》中对于许多出土文物的时代、形状、文字、花纹及古代的服装、度量衡制度等，都加以详细的考证。他在这方面所做出的劳绩，对于宋朝新兴起来的考古学的发展，起了很大的推动作用。

在艺术方面，《梦溪笔谈》这部书不但叙事明确，逻辑性很强，而且文字生动、简练、优美，富有文学色彩，让我们可以从中看出他在文学方面造诣之深。

沈括对于音乐和美术都有很深的爱好。《梦溪笔谈》卷5专论音乐，卷17专论书画。他对古代音乐

理论、乐器的制作和使用方法以及少数民族的音乐都有精心的研究,而且还会作曲。他曾写过《乐论》、《乐器论》、《三乐谱》、《乐律》4 部著作,可惜这些著作也都失传了。

关于美术,沈括曾指出,当时有一派画家所画的山上亭馆、楼塔、屋檐等,看起来好像都是以从下向上仰视的角度所画出来的形象,从整个画面来说,这种角度是不对的。

因为观画的人并不是置身在画境之中而是站在画面之外,不是仰视而是平视,有如观看盆景中的假山一样。沈括认为如果从下而上仰视的角度来看,只会看见一重山或一幢房屋。因此,前面说的那种画法显然是不对的。

以上所举的一些例子,只不过是《梦溪笔谈》一书的简单轮廓。《梦溪笔谈》广泛地包罗了各方面的知识,但最主要的是关于自然科学方面的研究成果的记录。

《梦溪笔谈》不仅是沈括个人一生辛勤研究的结晶,也是我国劳动人民千百年来积累下来的科学经验

的总结。它无疑是祖国文化宝库中的一颗明珠,至今还闪烁着灿烂的光辉。有人把《梦溪笔谈》这部书称作我国科学史上的"坐标",把沈括称为"中国科学史上最卓越的人物",确是实至名归。

当然,由于时代的限制,这部书也同古代其他许多笔记一类的书籍一样,用了相当的篇幅记载了许多迷信荒诞的故事。不过与《梦溪笔谈》的巨大成就相比较,它的缺点还是瑕不掩瑜的。

宋代数学家秦九韶

秦九韶从小聪敏勤学,1231年,考中进士,先后在湖北、安徽、江苏、浙江等地担任县尉、通判、参议官、州守等职。

据史书记载,他"性及机巧,星象、音律、算术以至营造无不精究",还尝从李梅亭学诗词。他在政务之余,以数学为主线进行潜心钻研,而且应用范围至为广泛：天文历法、水利水文、建筑、测绘、农耕、军事、商业金融等方面。

1244年至1247年，秦九韶在湖州为母亲守孝，3年期间，他把长期积累的数学知识和研究所得加以编辑，写成了举世闻名的数学巨著《数书九章》。书成后，并未出版。

原稿几乎流失，书名也不确切。后历经宋、元至明代，此书无人问津，直至明永乐年间，在明朝学者解缙主编《永乐大典》时，才被记书名为《数学九章》。又经过100多年，经王应麟抄录后，由王修改为《数书九章》。

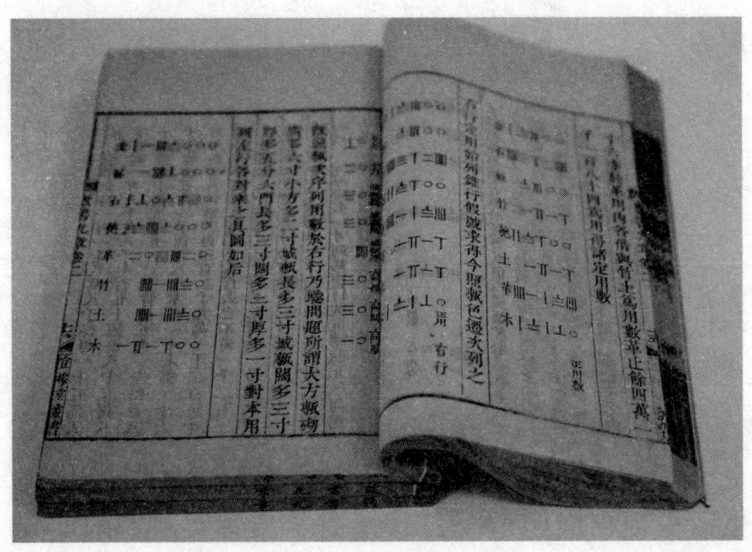

此书不但在数量上取胜，重要的是在质量上也是拔尖的。从历史上来看，秦九韶的《数书九章》可与《九章算术》相媲美；从世界范围来看，秦九韶的《数书九章》也不愧为世界上的数学名著。

他在《数书九章》序言中说，

数学大则可以通神明，顺性命；小则可以经世务，类万物。

所谓"通神明"，即往来于变化莫测的事物之间，明察其中的奥秘；"顺性命"，即顺应事物本性及其发展规律。在秦九韶看来，数学不仅是解决实际问题的工具，而且应该达到"通神明，顺性命"的崇高境界。

《数书九章》全书共9章9类，18卷，每类9题共计81个算题。

该书著述方式，大多由"问曰"、"答曰"、"术曰"、"草曰"4部分组成："问曰"，是从实际生活中提出问题；"答曰"，是给出答案；"术曰"，是阐述解题原理与步骤;"草曰",是给出详细的解题过程。另外,每类下还有颂词,词简意赅,用来记述本类算题的主要内容、与国计民生的关系及其解题思路等。

此书概括了宋元时期中国传统数学的主要成就,尤其是系统总结和发展了高次方程的数值解法与一次同余问题的解法,提出了相当完备的"正负开方术"和"大衍求一术"。对数学发展产生了影响。

绘事后素

子夏问曰:"'巧笑倩兮,美目盼兮,素以为绚兮'何谓也?"子曰:"绘事后素①。"曰:"礼后乎?"子曰:"起予者商也②,始可与言'诗'已矣。"

子曰:"夏礼吾能言之,杞③不足徵④也;殷礼吾

能言之，宋⑤不足徵也。文献⑥不足故也。足，则吾能徵之矣。"

【注释】

①绘事后素：绘，画。素，白色。

②起予者商也：起，启发。予，我，孔子自指。商，子夏名商。

③杞：春秋时国名，是夏禹的后裔，在今河南杞县一带。

④徵：证明。

⑤宋：春秋时国名，是商汤的后裔，在今河南商丘一带。

⑥文献：文，指历史典籍；献，指贤人。

【解释】

子夏问孔子："'笑得真好看啊，美丽的眼睛真明亮啊，用素粉来打扮啊。'这几句话是什么意思呢？"孔子说："这是说先有白底然后画画。"子夏又问："那么，是不是说礼乐也是在仁义之后呢？"孔子说：

"商,你真是能启发我的人,现在可以同你讨论《诗经》了。"

孔子说:"夏朝的礼,我能说出来,但是它的后代杞国不足以证明我的话;殷朝的礼,我能说出来,但它的后代宋国不足以证明我的话。这都是由于文字资料和熟悉夏礼和殷礼的人不足的缘故。如果足够的话,我就可以得到证明了。"

【故事】

晏子开明机智救人

一天,齐景公亲自到山上捉鸟。他看见一只漂亮的鸟,刚要射箭,忽然传来一阵砍柴声,把鸟惊飞了。齐景公立刻喊到:"把那个砍柴的抓起来,带回去收拾他!"

这时,一个随从跑过来告诉齐王:"那边有一个

鸟窝，里面有响声。"

齐王走过去一看，鸟窝里有一只刚出生不会飞的小鸟，不停地叫，齐王觉得小鸟怪可怜的，就把它送回窝里了。

等齐王回宫，晏子问："大王今天捉了几只鸟？"

"捉到一只，我看它不会飞怪可怜的，又放回窝里了。"

晏子听完，转身向北拜了几拜，然后高声说："我们大王今天做了圣人做的事啊！"

齐景公不以为然地说："这跟圣人有什么关系呢？"

晏子说："这件事虽小，可我看得出，您对鸟兽都有仁爱之心，我想，今后您一定会更加关心百姓，所以，我说您是做了一件圣人做的事啊！"

齐景公听了这话，想起押回来的那位砍柴人，忙说："快放了那个砍柴人吧，我要做一个好国君。"

诸葛亮坚持勤俭廉政

诸葛亮的形象在世人眼中，除了神机妙算的军事才能外，洁身自好，忠君、爱国、为民等这些中华民族优秀的品质，在他身上都能找到许多事例。他一生勤于政事，爱护百姓，廉洁奉公。其精髓就是勤俭廉政，令世人感怀至深。

诸葛亮，三国时期的蜀汉丞相，是杰出的政治家和军事家。青少年时期历经忧患苦难，亲身参加农业劳动，这就使他具有平民的特质。后来登上相位，仍然自称是"东方下士"、"一介布衣"，在他身上没有什么特权思想。

诸葛亮十分赞赏春秋时期楚国廉吏孙叔敖的节俭作风，特地发布"教令"，以孙叔敖事迹律己励人，既以身作则，也号召部属向孙叔敖学习，养成节俭之风。

诸葛亮在平定南中诸郡的叛乱中,为了减轻人民的负担,节约朝廷的开支,他两天只吃一天的饭,"深入不毛,并日而食",其艰苦程度可想而知。诸葛亮从不贪污受贿,这是古今所公认的。

他的家里没有存款,妻子黄氏连像样的换洗衣服也没有,其清贫可见一斑。

诸葛亮在《自表后主》一文中曾经自报家产说道:

> 今成都有桑八百株,薄田十五顷,子弟衣食,自有余饶。至于臣在外任,无别调度,随身衣食,悉仰于官,不别治生,以长尺寸。若臣死之日,不使内有余帛,外有盈财,以负陛下。

这是诸葛亮的一份家庭财产申报单。

"桑八百株,薄田十五顷",按照汉代和三国时期的官俸制度,15顷薄地,这在当时地广人稀的四川,实在不算多;"子弟衣食,自有余饶",当指诸葛亮的家人在妻子黄氏带领下从事种植和蚕桑等农事活动,可保温饱无虞。至于自己的衣食起居,自然靠官俸维持;"不别治生,以长尺寸",这显然指俸禄之外,没有别的生计,不搞经营,也不依靠别的收入发财致富。

尽管诸葛亮的合法收入在当时本该是很高的,但他"内无余帛,外无盈财"。这是诸葛亮毕生追求和实践的清正廉洁的理想境界。

诸葛亮廉洁自律,在蜀国官吏中起到了积极作用。史载他任用的官员,大多勤于政事,廉洁自律。

例如,大将军录尚书事费祎"家不识财,儿子毕布衣素食,出入无从骑,无异凡人";名将姜维

"据上将之重,外群臣之右","宅舍弊薄,资财无余";邓芝生活俭朴,家无私产,连妻子也"不免饥寒",死时也"家无余财"。

诸葛亮治家也以节俭为宗旨。他在《诫子书》中告诫儿子,"静以修身,俭以养德",淡泊明志,宁静致远,学以广才,励精治性,珍惜光阴,务求"接世"。严格的家教,使得诸葛一家,上至夫人,下及子孙,满门英烈,世代忠良。

诸葛亮深知,倡行勤俭廉政,如果没有法律制度的严格监督,则贪污渎职,"作奸犯科"之人将难以受到制裁,而廉洁奉公勤恳负责之人,反而会湮没不彰,甚至受到排挤打击。因此,必须厉行法制赏功罚过,以树立严明公正的政风。为此,诸葛亮主张加强教化,实行以法治国。

诸葛亮十分重视教化,注重宣传教化的风气,有悖于法令的话不说,触犯法制的事不做。同时,要求各级执法官吏必须以身作则,然后才能"正己教人"。

为了搞好勤俭廉政,诸葛亮对各级官员提出了严格的要求,做"八务、七戒、六恐、五惧,皆有条章,以训厉臣子"。

所谓"八务",即要求各级官吏在做好本职工作时必须完成的8项任务;至于"七戒"、"六恐"、"五惧",显然是对足以引起人们应戒、应恐、应惧的各种情况提出警告,以免违法乱纪。

当教化无效时,诸葛亮就认为必须无党无偏,依法究办,特别坚持"刑不择贵"、"诛罚不避亲戚"的原则,通过法制本身的严肃性、公正性,来教育广大臣民。

诸葛亮以"法不阿近"影响军内外。他在一出祁山时,因马谡失掉街亭而挥泪斩之,并写了《街亭自贬疏》。这就是一个鲜明的例子。

诸葛亮的勤俭廉政思想,其主旨是以"安民"为根本,以勤劳任职、廉洁爱民为要务,以法令为制衡,从而达到民富国强的目的。

诸葛亮病危时,要求把他的遗体安葬在汉中定军山,丧葬力求节俭,依山造坟。他在遗嘱中说:"冢足容棺,殓以时服,不须器物。"意思是墓穴切不可求大,只要能容纳下一口棺木即可;入殓时,只穿平时便服,不放任何陪葬品。

这简短的3句话,是诸葛亮廉洁自律、高风亮节

的具体体现,其至真至诚,惊世骇俗,感人寰,泣鬼神,成为千古之典范。

诸葛亮的智慧、作为、人品、治国方略、理民之干和军事才华,构成了那个时代伟人的真身。他以实际行动验证了自己"鞠躬尽瘁,死而后已"的诺言,在当时就受到了敌我友各方的肯定。如他的老对手司马懿曾赞叹说:"天下奇才也!"

诸葛亮勤俭廉政,励精图治,他的风范被当作民族精神而一代一代传承,历朝历代都把诸葛亮作为智慧的化身、精神的楷模。

胡质做官追求清廉

胡质,曹魏时期官员。他为人正直善良,执政廉洁清白,为世人所称道。

胡质年轻时就在江淮之间闻名,在州郡任职。后来被举荐给曹操,曹操于是任胡质为河南濮阳顿丘令。后来历任丞相东曹令史,扬州治中。胡质任扬州治中时,将军张辽与其护军武周有矛盾,就请胡质出任幕僚,胡质以病推托。

张辽对胡质说:"我有心任你做官,你为什么辜负我的厚意呢?"

胡质说:"古人相交,看他索取很多,但仍相信不贪;看他临阵脱逃而仍相信他不怯,听说流言而不为所动,这样交情才可以长久啊!武周身为雅洁之士,以前您对他赞不绝口,而今只为一点小事,就酿成矛盾。何况我胡质才能浅薄,怎么能始终得到您的

信任呢？因此我不愿意就职。"

张辽很受感动，与武周重归于好。

曹操听说了这件事，认为胡质为人正直善良，就召任他为丞相长史。

黄初年间，胡质转任吏部郎、常山太守，后迁任东莞太守。在东莞期间，他秉公办案，明察暗访，曾使东莞士人卢显被杀一案水落石出，人们交口称赞，说他是个清官。

胡质每得到赏赐，都分给众人，从不收藏家中。在东莞郡任职9年，吏民安居乐业，将士恭敬从命。胡质任荆州刺史时，他的儿子胡威从京都来看望他。由于家境清贫，没有车马和童仆，胡威只得独自赶着毛驴前来探望父亲。

胡质父子在荆州相聚了10余天后，儿子胡威要返回京都了。临别时胡质拿出一匹细绢，送给儿子以作为归途中的盘缠。

胡威见到这匹细绢，竟然大吃一惊，忙向父亲跪下，不解地问道："父亲大人，您一向廉洁清白，不知是从哪儿得到这匹细绢？"

胡质深知儿子的心意，高兴而又坦然地笑着对儿子说:"孩子有所不知,这不是赃物贿品,而是我从薪俸中节省下来的,所以用来给你做路上的盘缠。"

胡威听父亲这么一说,才伸手接过细绢,告辞了父亲。胡威独自赶着毛驴踏上了归途。一路上,他每到客栈,都是自己放驴、劈柴煮饭,从不雇用别人。同住客栈的人得知他是荆州刺史胡质之子后,无不惊讶,又无不钦佩。

3天后,一位自称去往京都的人,提出与胡威同行。此人谈笑风生,为人慷慨大方,自和胡威同行之后,百般殷勤地照料着胡威。他不仅处处帮着胡威筹划出主意,有时还请胡威吃喝。

这样一连几天,胡威心中暗暗地纳闷了。心想,此人看来心眼并不坏,但他与我素不相识,为什么对我一见如故,又如此百般殷勤呢?胡威对他的行为产生了怀疑。

原来,此人是胡质属下的一个都督,早就有意想巴结讨好胡质,但听说胡质为人正派清廉,最不喜欢溜须拍马的人,所以一直没找到合适的理由和时机。这次,他听说胡质的儿子要独自回京都,自认为是个献殷勤的大好机会,于是他探听得胡威启程的日子,

 论语

就提前以请假回家为理由,提前做好了准备,暗中带着衣食之物,在百里外的地方等着胡威,以便同他结伴而行。所以,他等到胡威后,才有这一番表现。

胡威在多次与那人悄悄的谈心中,终于得知了真情。于是,胡威立即从自己的行包中取出了父亲送给他的那匹细绢,递给这位都督,以此偿还他一路花销的费用和情意。这位都督拒绝不收。

胡威说:"我父亲的为人,你应该是知道的。他为人正直,执政廉洁,从不接受别人馈赠,我做儿子的如果仗着他的权势占别人的便宜,就等于在这匹白绢上面泼上了污水,岂不大错特错了吗?"

那都督看到胡威态度如此坚决,只好十分尴尬地拿着那匹白绢和胡威道别了。后来有人把这件事详细地告诉了胡质,胡质责打都督100杖,除去了他的吏名。

胡质后来升迁为征东将军,奉令统督青州、徐州军事。他在任上广开农田积蓄粮谷,有多年的储备,还设置东征台,一边耕作一边守备,又在各郡中修通渠道,以便舟船通行,严加设防以对付敌人来犯。沿海地区因此没有战事。

胡质性情深沉，心中对事情明察秋毫，不以表面现象判断事物，能够深加思索，从不以自己的标准去衡量他人，因此得到他人的爱戴。他去世时，家里没有什么财产，只有皇帝所赐衣物和书橱。

胡质手下的人把这些情况报告给了朝廷，朝廷追封胡质为"阳陵亭侯"，食邑百户，谥号"贞侯"。并由其子胡威继承爵位。再后来，朝廷再次下诏书大加赞扬胡质清正节俭的行为，赐给他们家钱财和粮食。

胡质的品行和事迹被载入史册。《三国志》说他是"国之良臣"，《晋书》说他"以忠清著称"，《馆陶县志》说他"性沉实内察，然不苟求群下，故为所在称誉"。

修订最先进历法的郭守敬

郭守敬父亲的名字无从可考，他的祖父叫郭荣，精通五经，熟知天文、算学，擅长水利技术，是金元

论语

之际一位颇有名望的学者。

郭守敬幼承祖父郭荣家学,在十五六岁的时候就显露出了科学才能。那时他得到了一幅"莲花漏图"。他对图样作了精细的研究,居然摸清了莲花漏的制造方法和原理,试做了一套正规的莲花漏铸铜器,后来元朝政府里的天文台也采用了这种器具。

年纪才十五六岁的郭守敬居然有这样的作为,这就足以证明他确是一个能够刻苦钻研的少年。

郭荣为了让他孙儿开阔眼界,得到深造,就把郭守敬送到自己的同乡老友刘秉忠门下去学习。刘秉忠精通经学和天文学。

在这里,郭守敬大开视野,还结识了一位好朋友王恂,他们后来在天文历法工作中亲密合作,作出了卓越的贡献。

不久,刘秉忠被元世祖忽必烈召进京城。临行前,刘秉忠把郭守敬介绍给了自己的老同学张文谦。郭守敬跟着张文谦到各处勘测地形,筹划水利方案,并帮助做些实际工作。

几年之间,郭守敬的科学知识和技术经验更丰富了。张文谦看到郭守敬已经渐趋成熟,就在1262年,把他推荐给元世祖忽必烈,说他熟悉水利,聪明过人。

郭守敬初见元世祖,就当面提出了6条水利建议。第一条建议修复从当时的中都到通州的漕运河道;第二第三条是关于他自己家乡地方用水和灌溉渠道的建议;第四条是关于磁州、邯郸一带的水利建议的意见;第五第六条是关于中原地带沁河河水的合理利用和黄河北岸渠道建设的建议。

这6条都是经过仔细查勘后提出来的切实的计划,对于经由路线、受益面积等项都说得清清楚楚。

元世祖认为郭守敬的建议很有道理,就命他掌管各地河渠的整修和管理等工作。

1264年,张文谦被派往西夏去巡察,他带了擅长

水利的郭守敬同行。郭守敬到了那里，立即着手疏通旧渠，开辟新渠，又重新修建起许多水闸、水坝。由于大家动手，这些工程竟然在几个月之内就完工了。

1265年，郭守敬回到了上都，被任命为都水少监，协助都水监掌管河渠、堤防、桥梁、闸坝等的修治工程。1271年升任都水监。1276年都水监并入工部，他被任为工部郎中。

1276年，元军攻下了南宋首都临安，全国统一已成定局。元世祖决定改订旧历，颁行元朝自己的历法。这件工作名义上以张文谦为首脑，但实际负责历局事务和具体编算工作的是精通天文、数学的王恂。

在当时，王恂就想到了老同学郭守敬。虽然郭守敬担任的官职一直是在水利部门，但他擅长制器和通晓天文。因此，郭守敬就由王恂的推荐，参加修历，奉命制造仪器，进行实际观测。

从此，郭守敬的科学活动又揭开了新的一章，他在天文学领域里发挥了高超的才能。

大都天文台的仪器和装备杂乱不堪，有的已经老化。天文台所用的圭表因年深日久而变得歪斜不正，郭守敬立即着手修理，把它扶置到准确的位置。这些仪器终究是太古老了，虽经修整，但在天文观测必须日益精密的要求面前，仍然显得不相适应。郭守敬不得不改进和创制一套更精密的仪器。

这些仪器装备中的浑仪还是北宋时代的东西。郭守敬只保留了浑仪中最主要最必需的两个圆环系统，并且把其中的一组圆环系统分出来，改成另一个独立的仪器，把其他系统的圆环完全取消。这样就根本改变了浑仪的结构。

再把原来罩在外面作为固定支架用的那些圆环全都撤除，用一对弯拱形的柱子和另外4根柱子承托着留在这个仪器上的一套主要圆环系统。这样，圆环就四面凌空，一无遮拦了。

这种结构，比起原来的浑仪来，真是又实用，又简单，所以取名"简仪"。简仪的这种结构，同现代称为"天图式望远镜"的构造基本上是一致的。在欧洲，像这种结构的测天仪器，直到18世纪以后才开始从英国流传开来。

郭守敬用这架简仪作了两项精密的观测，一项是黄道和赤道的交角的测定；另一项观测是二十八宿距度的测定。这两项观测，对后来新历的编算具有重大

的意义。

郭守敬还独创了一件仪器。这件仪器是一个铜制的中空的半球面,形状像一口仰天放着的锅,名叫"仰仪"。

仰仪是采用直接投影方法的观测仪器,非常直观、方便。例如,当太阳光透过中心小孔时,在仰仪的内部球面上就会投影出太阳的映像,观测者便可以从网格中直接读出太阳的位置了。

尤其在日全食时,它能测定日食发生的时刻,利用仰仪能清楚地观看日食的全过程,连同每一个时刻、日食的方位角、食分多少和日面亏损的位置、大小都能比较准确地测量出来。

这架仪器甚至还能观测月球的位置和月食情况,被称为"日食观测工具的鼻祖"。

仰仪流传到朝鲜和日本以后,那里便取消了璇玑板,改成尖顶的晷针,从而成为纯粹的日晷,被称为仰釜日晷。

郭守敬改进的简仪和独创的仰仪,在编订新历时提供了不少精确的数据,这确是新历得以成功的一个重要原因。

天文台的仪器装备已经基本完备，于是，王恂、郭守敬等同一位尼泊尔的建筑师阿尼哥合作，在大都兴建了一座新的天文台，台上就安置着郭守敬所创制的那些天文仪器。它是当时世界上设备最完善的天文台之一。

由于郭守敬的建议，1279 年，元世祖派了 14 位天文学家，到当时大都以外的国内 26 个地点，进行几项重要的天文观测。在其中的 6 个地点，特别测定了夏至日的表影长度和昼、夜的时间长度。

这些观测的结果，都为编制全国适用的历法提供了科学的数据。这一次天文观测的规模之大，在世界天文学史上也是少见的。

这是一次意义深远的"四海测验"。值得敬佩的是，郭守敬奉旨进行"四海测验"，在南海的测量点就在我国黄岩岛。

经过王恂、郭守敬等人的集体努力，至 1280 年春天，一部新的历法宣告完成。按照"敬授民时"的古语，取名"授时历"。同年冬天，正式颁发了根据《授时历》推算出来的下一年的日历。

《授时历》颁行不久，几个主要的参加编历工作

的人，退休的退休，死的死了，王恂也病逝了。但有关这部新历的许多算草、数表等都还是一堆草稿。于是，最后的整理定稿工作全部落到郭守敬的肩上。

郭守敬又花了两年多的时间，把数据、算表等整理清楚，写出《推步》7卷、《立成》2卷、《历议拟稿》3卷、《转神选择》2卷、《上中下注释》12卷留传后世。其中的一部分就是《元史·历志》中的《授时历经》。

《授时历》反映了当时我国天文历法的新水平。在这部历法里，有许多革新创造的成绩。例如，废除了过去许多不合理、不必要的计算方法，例如避免用很复杂的分数来表示一个天文数据的尾数部分，改用十进小数等；定一回归年为365.2425日，比地球绕太阳公转一周的实际时间，仅差26秒，和现代世界通用的公历完全相同；创立了"三差内插公式"和"球面三角公式"，是具有世界意义的杰出成就。

《授时历》经受住了时间考验。它在我国沿用了300多年，产生了重大影响。现行公历是意大利天文学家利里奥在1582年提出的，比《授时历》晚了整整300年。朝鲜、越南都曾采用过《授时历》。

此后不久，郭守敬升为太史令。在以后的几年间，他又继续进行天文观测，并且陆续地把自己制造天文仪器、观测天象的经验和结果等极宝贵的知识编写成书。

他写的天文学著作共有百余卷之多。可惜封建帝王元世祖不愿让真正的科学知识流传到民间去，把郭守敬的天文著作统统锁在深宫秘府之中。

除此之外，郭守敬还开通了大都的通惠河。大都是元朝的首都，城内每年消费的粮食达几百万斤。这些粮食绝大部分是从南方产粮地区征运来的。然而，陆运耗费的巨大，始终在促使着人们去寻求一条合适的水道。

这个任务，到郭守敬的时候才得以完成。郭守敬提出的第一个方案就是他在1262年初见元世祖时所提出来的6条水利建议中的第一条，即修复从当时的中都到通州的漕运河道。

组织开通了通惠河之后，郭守敬一直兼任天文和水利两方面的领导工作。1294年，他升知太史院事。但是关于水利方面的工作，当时政府仍经常要征询他的意见。

1303年，元成宗下诏，说凡是年满70岁的官员都可以退休，独有郭守敬，因为朝廷还有许多工作都要依靠他，不准他退休。然而，由于元成宗之后政权迅速腐朽，把元世祖时代鼓励农桑的这点积极因素抛弃净尽了。

在这种情况下，郭守敬的创造活动自然也受到极大的限制。同他当时不断提高的名望相对照，他晚年的创造活动不免太沉寂了。

除了在1298年建造了一架天文仪器灵台水浑以外，就再没有别的重大创制和显著表现了。可以设想，如果他晚年能够有较好的社会政治条件，可能还有更大的贡献。

平民数学家朱世杰

据说，我国在两汉时期就能解一次方程，古时称为"方程术"。

至宋元时期又出现了具有世界意义的成就——天元术。那么，当未知数不止一个的时候，如何列出高次联立方程组求解呢？

有这样一道古代数学题：

直田积864步，只云长阔共60步，问阔及长各几步？

答曰：阔24步，长36步。

这就是说，长方形田地的面积等于864平方步，长与宽的和是60步，长与宽各多少步？此题列成方

程式即是：$xy=864$，$x+y=60$，其中 x、y 分别表示田的长和宽，这是一个二元二次方程组问题，此题选自我国南宋数学家杨辉所著《田亩比类乘除算法》一书。

这充分说明，我国宋代数学家就已结合生产实践对多元高次方程组有了研究。那么，有没有三元三次方程组，四元四次方程组呢？当然有。早在宋、元时期，我国数学家就圆满地解决了这个问题。这个人便是朱世杰。

在宋元时期，我国数学鼎盛时期中杰出的数学家有"秦、李、杨、朱四大家"，朱世杰是其中之一。他是平民数学家和数学教育家，平生勤力研习《九章算术》，旁通其他各种算法，成为元代著名数学家。

在与他同时代的数学家秦九韶、李冶所创立的一元高次方程的数值解法和天元术的基础上，朱世杰进一步发展了"四元术"，创造了用消元法解二、三、四元高次方程组的方法。

朱世杰这一重大发明，都记录在他的杰作《四元玉鉴》一书中。

所谓四元术，就是用天元 x、地元 y、人元 z、物

元 u 等四元表示四元高次方程组。朱世杰不仅提出了多元高次联立方程组的算筹摆置记述方法，而且把《九章算术》等书中四元一次联立方程解法推广到四元高次联立方程组。

四元术用四元消法解题，把四元四式消去一元变成三元三式，再消去一元变成二元二式，再消去一元，得到一个只含一元的天元开方式，然后用增乘开方法求正根。这和现代求解方程组方法基本一致。

在西方，在16世纪以前，人们长期把不同的未知数用同一个符号来表示，以至含混不清。直至1559年，法国数学家彪特才开始用不同的字母A、B、C……来表示不同的未知数。

而我国，朱世杰早在1303年就巧妙地解决了这个问题，他用天、地、人、物这四元来表示4个未知数，即相当于现在的 x、y、z、u。

而关于四元高次联立方程的求解，欧洲直至1775年，法国数学家别朱在他的《代数方程的一般理论》一书中才得以系统的解决。但这已比朱世杰晚了四五百年。四元术是我国数学家的又一辉煌成就。它达到了当时世界数学发展的高峰。

 论 语

以农为本的农学家王祯

王祯的家乡东平在元代初期就已是封建文人荟萃的地方。当时的统治者忽必烈非常重视总结农业知识,并普及农业技术,曾在东平让许多名士先后设帐授徒。元朝也先后产生了《农桑辑要》和《农桑衣食撮要》这样的农业科学著作。王祯受其影响也开始接触农学。

王祯在1295年任宣州旌德县县尹和在1300年担任信州永丰县县尹时,继承了传统的"农本"思想,认为国家从中央到地方政府的首要政事就是抓农业生产。为此,他在任期间恪尽职守,公正无私,勤勉务实,为民办事。

王祯留心农事,处处观察,积累了丰富的农业知识。为了总结农事经验,王祯在旌德县尹期间,就开始着手编写《农书》,也叫《王祯农书》,直至调任

永丰县尹后才完成。1313年,王祯又为这本书写了一篇自序,正式刻版发行。

《王祯农书》共37卷,现存36卷,另有编著22卷的版本,内容相同。该书规模宏大,范围广博,大约13万字,插图300多幅。

其中包括《农桑通诀》、《百谷谱》和《农器图谱》三大部分。最后所附《杂录》中有和农业生产关系不大的"造活字印书法"。全书既有总论,又有分论,图文并茂,系统分明,体例完整。

《农桑通诀》可以说是"农业总论",共6卷,19篇,是王祯对农业综合性的总结,贯穿了以农为本的观念和天时、地利、人和共同决定农业的思想。

《农桑通诀》论述了农业、牛耕和桑业的起源；农业与天时、地利及人力三者之间的关系，接着按照农业生产春耕、夏耘、秋收、冬藏的基本顺序，记载了大田作物生产过程中每个环节应采取的共同的基本措施；最后是"种植"、"畜养"和"蚕缫"3篇，记载有关林木种植包括桑树、禽畜饲养以及蚕茧加工等方面的技术。

《农桑通诀》以"授时"和"地利"两篇探讨了农业生产客观环境的复杂性和规律性，强调了农业生产中"时宜"和"地宜"的重要性。

《农桑通诀》还分列了"种植"、"畜养"、"蚕缫"等专篇，阐述林、牧、副、渔等广义农业各个方面的内容，并宣扬了官府的重农思想和劝农措施。这部分内容，使人们对广义农业的内容和范围以及农业生产中客观规律性和主观能动性的各个方面，都能有清晰明了的认识。

《百谷谱》共4卷11篇，是农作物栽培各论，阐述的是各种农作物的品种、特性、栽培、种植、收获、贮藏、利用等技术知识，所介绍的农作物共有80多种。谷谱包括谷属2卷、蓏属1卷、蔬属2卷、果属3卷、竹木1卷、杂类1卷,初步具备了对农作物实行分类学的萌芽。

《农器图谱》是全书重点,共有12卷,篇幅占全书的五分之四,也是最能展现王祯科技思想精华之所在。

具体分为田制、耙扒、蓑笠、杵臼、仓廪、鼎釜、舟车、灌溉、利用、蚕桑、织纤、扩絮、麻芒12门,详尽介绍了当时和古代以及他所创制的农具、农业机械和农家生活用具等257种。共绘有图谱306幅,每幅图都有文字说明,介绍各种器具的构造、发展演变过程、使用方法和功效。

关于土地翻治农具,《农器图谱》介绍了犁、犁刀、耙耪等。重点介绍的是耧车。耧车汉已有,元代有创新,增加了一个肥料箱,使播种与施肥同时进行;增加了砘车装置,播种后能马上掩土。

对于灌溉器械,王祯一方面把传统的龙骨水车创新为用水力推动,成为"自动化"机械,还创制了高转筒车灌溉机械,能够把水提高至33米高的地面进行灌溉,两部筒车相接,就可以把水提高66米。

收获农具有粟鉴、辕、推镰等。王祯把麦钐、麦

绰、麦笼等配合起来做成的快速收麦器,是效率极高的收割农具。

在农产品加工机械方面,最著名的创新发明是水轮三事。在传统的普通水力磨上对机械装置改进之后,可以同时具有磨面、砻稻、碾米功能。

水转连磨则是利用水力发动的机械,用一个立式的大水轮,再通过一系列的齿轮传动装置,能同时使9个磨盘旋转工作。王祯在"利用门"一节中介绍的水力农机达14种之多,还不包括水力灌溉机械。

从整个《农器图谱》的机械与图谱中,可以明显看到王祯既是卓越的农学家,更是杰出的机械制造家。他对于绳轮、齿轮、曲柄、连杆等传动装置的运用已驾驭自如,得心应手。在许多机械部件与整体机械原理上,也同样显示出其过人的研究与极高的造诣。

《农器图谱》中多达300幅的插图,也是以前的农书中所绝无仅有的。正是靠着这些图谱,我国古代的许多农业机械器具才得以保存。可以说,《农器图谱》是王祯在古农书中的一大创造,是古代我国农器图谱的公认"鼻祖"。

《王祯农书》是我国第一部力图从全国范围对整

个农业作系统全面论述的著作，所涉及的地域包括南北方的 17 个省区，这也是以前任何一部古农书所不及的。也是我国古代一部农业百科全书。

海瑞刚正不阿做清官

明代中期以后，阶级矛盾和民族矛盾日益激化，至嘉靖、万历年间，明王朝基业危机四伏。这时候，出现了一些刚正不阿的封建士大夫官僚，海瑞就是其中的一位代表。

海瑞，是明代著名的清官，一生刚正不阿，不避权贵，犯颜直谏，两袖清风，人称"海青天"。海瑞从小丧父，家境贫寒，直至 36 岁才得以参加乡试，成为举人。其后任南平县教谕，主持教育工作。

有一天，延平府的督学官到南平县视察工作，海瑞和另外两名教官前去迎见。在当时的官场上，下级迎接上级，一般都是要跪拜的。因此，随行的两位教官都跪地相迎，可海瑞却站着，只行抱拳之礼，三人的姿势俨然一个笔架。

这位督学官大为震怒，训斥海瑞不懂礼节。海瑞不卑不亢地说："按大明律法，我堂堂学官，为人师表，对您不能行跪拜大礼。"这位督学官虽然怒发冲冠，却拿海瑞没办法。从此，海瑞落下一个"笔架博士"的雅号。

过了几年，海瑞因为考核成绩优秀，被授予浙江严州府淳安县知县。这时他已经43岁了。

海瑞上任时，一不坐轿，二不乘船，只穿了一件普普通通的秀才衣，骑着一头骡子，带着书童海安，

悄悄地进了淳安县界，沿着一条小路向前走去。

有一天，海瑞刚刚从街上回到县衙，管钱粮的李老夫子就笑呵呵地进来，把很厚的一叠礼单送上来，说道："请大人过目，这是全

县乡绅听说大人的生日到了，送来的贺礼。"

海瑞一愣，但随即就明白了，这是那些乡绅向他行贿的一个借口，是想让他对多占的土地网开一面。他让家人把礼物全部接下，然后叫李老夫子传下话去，把所有乡绅都请到大堂前说话。

送礼的乡绅见海瑞收下了银子，要请大家喝酒，都高兴地来了。

海瑞见人都到齐了，便从后堂出来，向大家抱拳一揖，笑着说道："海某来到淳安，深蒙各位厚爱，愧不敢当！不过，不仅我的生日不是明天，就是到了过生日的时候，也绝不接受一文贺礼。各位送来的银子，今天一一当面奉还。至于清丈土地的事情，本县言出必行。如果有不逞之徒从中作梗，敢于作弊，本县言出法随，一定严惩不贷。"

海瑞说完，让家人当面点名，叫乡绅们一一上前领回了银子。众乡绅见海瑞当面退银，都瞠目结舌，半响说不出话来，谁也不敢出面反对清丈土地。

第二天，海瑞亲自下乡，领人丈量土地，成为全国第一个查实土地数目，解决赋税合理负担的县令。贫苦百姓解除了额外负担，家家户户欢喜不尽。

论 语

海瑞清丈田亩之后，又着手整顿吏治，实行均徭，革除陋规。他整顿吏治，首先从自己的身上开刀。在当时，作为一个地方官员的收入，一笔是国家的薪俸，另外一笔是"常规"收入。

按照"常规"，地方官员到北京朝觐，所需的车马食宿费用和向京都大员讨好行贿的金钱，都要由本地的百姓摊掏。地方官员向出巡和路过的大官赠送财礼、车船支应及招待费用，也要向百姓们摊派。这笔钱花多少就可以摊多少，地方官员自然可以从中渔利，大发其财。

海瑞大胆地革除了这种"常规"，把每人每年要负担的这几项银子从平均5两减至2两。明确宣布自己不要这种"常规"银子，也不向过往官员赠送这种"常规"银子。海瑞在淳安任上曾经两次进京，只用了路费银48两，其他一概裁革。

丈量土地，削减"常规"银，这两项改革，不仅削掉了他自己的特权利益，而且损害了上级官员的利益。

当时有朋友劝告海瑞："你把这些都革掉了，就大祸临头了！"

海瑞说："充军流放，下狱杀头，都甘心忍受。无论如何，也不去做这种用刀在百姓身上剜肉的事情！"

由此可见海瑞为官清正，革除特权，不畏权贵，具有大公无私的品格和公正廉明的工作作风。

当时浙江总督胡宗宪的儿子仗势欺人、作威作福，到处敲诈勒索。一天路过淳安，认为驿吏怠慢，对他招待不周，便借机发作，指使手下人把驿吏倒挂着殴打。

此事报到海瑞那儿，海瑞故意揣摩片刻，便高声吼叫道："胡总督早就宣布，家眷经过的地方不许铺张，这个人随身带了许多珍宝，肯定是个冒牌货。"喝令衙役把他的东西没收充库，并火速驰报胡总督。

胡宗宪闻报，也只好顺水推舟，不与海瑞为难。

鄢懋卿是权倾朝野内阁首辅严嵩的心腹，持有先斩后奏"尚方宝剑"的都御史。他奉帝命出都巡视，所到之处地方官无不恭迎。有一次鄢懋卿路过淳安，大家深为忧虑，有人劝海瑞通融一下，以免大祸临头。但海瑞置个人生死于度外，硬是不肯屈服，不愿拿老百姓的血汗钱去讨好上司。

海瑞采取"以子之矛攻子之盾"的办法，派人给鄢懋卿送上一封信。信上的大意是：听说都御使吩咐沿途招待要简朴，我很高兴；又听说沿途接待十分奢侈，与您的吩咐完全不一样，令人忧虑。照你的吩咐办，怕怠慢您；铺张浪费招待您，肯定要花很多钱，淳安县小民穷，实在拿不出，您看怎么办？

言事不卑不亢，软中带硬，把难题交给鄢懋卿自己去解答。鄢懋卿知道海瑞刚正廉洁，一时也抓不住他把柄，怕到淳安自讨没趣，只好强按怒火改道而去。

海瑞常说："人应正直节俭。正直的人必会节俭，因为正直的人明事理。不节俭就很难正直，奢侈浪费与贪污腐化是很接近的。"

海瑞在生活上也十分俭朴，反对奢侈浪费。他没有额外的收入，只靠薪俸过着很节俭的日子。每天粗茶淡饭，十分清苦。他还自己种菜，让家人上山打柴，樵薪自给。

海瑞对家人说："我的薪俸不高，家中人口又多，一定不可浪费。饭食清淡一些，不要经常买肉。"

有一天，因为海瑞的母亲过生日，他家仆人才破例一次买了 2 斤肉。连总督胡宗宪听到后，也大为惊奇。他对不花钱的酒席饭菜，一口不动；一芥之物，不入私囊；一厘之钱，不送官长。

海瑞在淳安任职 4 年，他关心百姓疾苦，减免赋税，救济钱粮，平反冤狱，做了不少好事，把一个贫穷的小县治理得秩序井然，淳安父老纷纷称他为"海青天"。

1569 年，海瑞就任应天府巡抚。这个职务权力很大，地位显赫，每次出巡，按朝廷规定，前有鼓乐引导，后有护卫，左右有旌旗官牌，三班六役，前呼后拥，十分威风。

海瑞看不惯这一套劳民伤财的制度，很想废除它。于是，就职当日就颁布"督抚条约"，详细规定应天府政治生活的方方面面。其要点是：巡抚出巡禁止各地迎送、禁止装修招待房舍；规定各级官员见巡抚应穿的衣服；禁止大吃大喝、制定饮食标准；禁止非礼之费，禁请托、禁给过往官员送礼；禁假公济私；禁苛派差役。

不久，海瑞出巡的第一个县，就是他十分熟悉的淳安。到了县界果然没有人迎接，住进驿馆，一切也

都如旧时一样,没有添置新设备。海瑞对此感到很高兴。

知县送海瑞来到驿馆正厅。海瑞曾多次来过这里。他习惯地站在堂前打量一下全室,然后坐在椅子上休息。陪同的人也都一一入座。

海瑞刚要让县令汇报情况,突然,他觉得椅子有些不对劲。他伸手摸了摸椅子坐垫,心里明白了。他站起身,走到卧室去看一看,卧室里的被褥,还有那椅子的椅垫都换成了崭新的绸缎。

海瑞很生气地质问知县:"三令五申,你怎么明知故犯。我明明记得那旧的绸面并不破旧,为何更换?"

县令面带愧色。海瑞呵斥说:"想让我住得舒服?想让我高兴?对不?我不需要!我看到这些并不高兴!"

县令受到申斥,他并不委屈,只感到海瑞清廉刚正名不虚传。他忙说:"我立即让人们换下,仍恢复原貌。下官一定记住大人的叮嘱。"

海瑞经常微服察访,了解民情、乡情,解决实际问题,让当地百姓难以忘怀。

吴淞江本是太湖水入海的主要通道，白卯河一段因长年失修，河道淤塞，堤岸也有毁坏，影响湖水入海，致使江南过半的麦田泡在水里，灾民纷纷外逃，社会秩序混乱。海瑞在视察灾区之后，提出了"以工代赈"的计划。

根据这个计划，招募大量灾民参加白卯河的疏浚，动员绅士为赈灾捐钱献粮，朝廷把救济粮以工钱的形式发给治水的民工。计划公布后，灾民踊跃参加治水大军，逃荒在外的也返回故里，连应天府之外的农民也赶来了。

海瑞亲临工地，督促大小官员恪尽职守，并严厉惩处了贪污钱粮的官吏。几十万民工干劲十足，仅用56天就完成了吴淞白卯河疏浚工程。"要治吴淞江，需请海龙王"，这是江南人民对海瑞的赞誉。

明中后期，江南的土地兼并情况日益严重，大地主侵占农民的土地，却把赋税、徭役转嫁给农民，百姓苦不堪言。海瑞决心为国为民治一治侵田的歪风。

退田是棘手的，要扩大影响必须拿最大的地主开刀以打开缺口。江南最大的地主要算松江华亭的退职宰相徐阶，此人家有良田40万亩，多数是从农民手

中夺来的。目标选中,海瑞却为难了,因为徐阶是他的救命恩人。

当初,海瑞因给明嘉靖帝上《治安疏》,指责皇帝不理政事而被打入死牢,如果没有徐阶在皇帝面前苦口婆心为他说话,海瑞早已身首异处。为此,他翻来覆去几宿没有睡好,经过激烈的思想斗争,决定从个人恩怨中解脱出来,秉公执法。

海瑞写了《督抚条约》,叫人抄写后送交各府县张贴,既是打招呼,也表明了他对退田的决心。接着,又以私人的名义给徐阶写了一封信,申明"退田"之大义,要阁老好自为之。

徐阶退出了几千亩地,并把为非作歹占民田的儿子关在家里。海瑞自然不肯就此了结,再次写信给徐阶,严肃指出"必须再加清理",占田的儿子应受惩罚。面对铁面无私的海瑞,徐阶招架不住了。于是,他的两个违法的儿子也给海瑞法办了。

经此一事,江南占田的地主接二连三地把田退了,兼并土地之风得到平抑。

海瑞去世前3天,兵部送来柴火银子,一算多了7两银子,他还让退回去。去世后,南京都察院佥都御史王用汲去照顾海瑞，只见用布制成的帏帐和破烂的竹器，有些是贫寒的文人也不愿使用的，因而禁不住哭起来，凑钱为海瑞办理丧事。

海瑞的死讯传出，南京的百姓因此罢市。海瑞的灵柩用船运回家乡时，穿着孝服的人站满了两岸，白衣白帽者望不到尽头，祭奠哭拜的人百里不绝。

海瑞一生大公无私，励精图治，不畏权贵，为国为民，他的刚直不阿的精神，廉洁奉公的高尚品质，受到后人们的怀念、崇敬、爱戴和拥护。几百年来，海瑞的事迹，构成了一个典型的清官形象被广泛传颂。

知其说者之于天下

子曰："禘①自既灌②而往者，吾不欲观之矣③。"

或问禘之说④，子曰："不知也。知其说者之于天

下也,其如示诸斯⑤乎!"指其掌。

祭如在,祭神如神在。子曰:"吾不与祭,如不祭。"

【注释】

①禘:古代只有天子才可以举行的祭祀祖先的非常隆重的典礼。

②灌:禘礼中第一次献酒。

③吾不欲观之矣:我不愿意看了。

④禘之说:说,理论、道理、规定。禘之说,意为关于禘祭的规定。

⑤示诸斯:斯指后面的"掌"字。

【解释】

孔子说:"对于行禘礼的仪式,从第一次献酒以后,我就不愿意看了。"

有人问孔子关于举行禘祭的规定,孔子说:"我不知道。知道这种规定的人,对治理天下的事,就会像把东西摆在这里一样(容易)吧!"(一面说一面)指着他的手掌。

祭祀祖先就像祖先真在面前，祭神就像神真在面前。孔子说："我如果不亲自参加祭祀，那就和没有祭祀一样。"

孔子认为，在鲁国的禘祭中，名分颠倒，不值得一看。所以有人问他关于禘祭的规定时，他故意说不知道。但紧接着又说，谁能懂得禘祭的道理，治天下就容易了。这就是说，谁懂得禘祭的规定，谁就可以归复紊乱的"礼"了。

【故事】

孟子盖世辩才治国

孟子来到齐国，齐宣王问他："齐桓公、晋文公在春秋时代称霸的事迹，您可以讲给我听听吗？"

孟子说："孔子的弟子不谈论他们事迹，因此我没有听说过。就让我讲一讲用德统一天下的王道吧！"

孟子先说齐宣王的不忍看见杀牛而作为祭品的这种仁爱之心就可以在天下称王，还说君子对于飞禽走兽，看见它们活着，便不忍心再看到它们死；听到它们悲鸣，便不忍心再吃它们的肉。"

齐宣王听罢，很高兴地问："我这种心情与王道相合，又是什么道理呢？"

孟子反问齐宣王说："假定有个人向大王您报告，说我的力气能够举起3000斤重物，却拿不起一根羽毛；眼睛能够看清鸟身上的羽毛，却看不见一车木柴。您肯相信这话吗？"

齐宣王说："不。"

孟子接着说："一根羽毛都拿不起，那是不愿用力的缘故；一车木柴都看不见，那是不肯用眼睛的缘故；百姓得不到安定的生活，那是君王不肯施恩于民的缘故。所以，大王不用仁政去统一天下，是不肯去做啊！"

齐宣王微笑着，什么话也说不出来了。

精忠岳飞精忠报国

岳飞是宋代相州汤阴县永和乡孝悌里人,即现在的河南安阳汤阴程岗村,出身于农民家庭。他少年时就爱读《春秋左传》和《孙子兵法》,稍后拜名师学习弓箭和枪法。由于他虚心求教,勤学苦练,练得一身好武艺,十八九岁,就能拉开300斤的硬弓了。

这时候,北方金国兴起,金国四太子金兀术率领

论语

大兵南侵。北宋朝廷抗敌不力,被金兵占了都城汴梁,皇帝宋钦宗、太上皇宋徽宗及大臣等3000多人也被俘虏了。

国难当头,为了保家卫国,岳飞毅然应募,经过选拔,被任命为"敢战士"中的一名分队长。20岁的岳飞自此开始了他的军戎生活。从军后的岳飞英勇善战,立了许多战功。

岳飞从军不久,他的父亲岳和病故,岳飞辞别军队,赶回汤阴为父亲守孝。随后,又到河东路平定军投戎,被擢为偏校。

北宋都城汴梁被金兵侵占后,宋室南迁,康王赵构在金陵继位,史称"南宋",康王就是宋高宗。南宋朝廷传下圣旨,聘召岳飞进京受职,率兵讨贼,图复中兴,报仇雪恨。

岳飞接了圣旨,准备投身抗金前线。临行前,岳飞的母亲让岳飞去中堂摆下香案,端正香烛,随后带媳妇一同出来,焚香点烛,拜过天地祖宗。又叫岳飞跪在地上,媳妇研墨。

岳母郑重地说道:"孩儿,做娘的见你应募参军,保家卫国,真是极好。但恐我死之后,你做出些不忠之事，岂不把半世芳名丧于一旦？所以我今日祝告天地祖宗，要在你背上刺下'尽忠报国'4个字，愿你做个忠臣，尽忠报国，流芳百世，我就含笑于九泉了！"

岳飞听罢，说道："母亲说得有理。孩儿生是大宋人，死是大宋鬼，绝不会做不忠不义之事！您就与孩儿刺字罢。"说吧，将上衣脱下，袒露后背，让母亲刻字。

岳母取过笔来，先在岳飞背上写了"尽忠报国"4个字，然后将绣花针拿在手中，在他背上一刺。看到儿子的后背颤抖了一下，心疼地问："我儿痛吗？"

岳飞道："母亲刚才轻轻地刺了一下，怎么问孩儿痛不痛？"

岳母流泪道："孩儿，你怕娘的手软，故说不痛。"说罢，咬着牙根刺起来。

"尽忠报国"4个字刺在肉上，每一个笔画都滴着血，染红了岳母手中的绣花针和毛巾。岳飞的妻子在旁边看了，百感交集，被丈夫的坚强意志震撼了。

岳母刺完，将醋墨涂在字上，使它永远不褪色。岳飞站起来，叩谢母亲训教之恩。

 论语

　　从此以后,"尽忠报国"不仅刻在他的身上,也刻在了他的心中,时刻激励着他保卫大宋江山。"尽忠报国"被后世概括为"精忠报国",以至于成为了中华民族报国精神的精髓。

　　南宋政权建立后,岳飞以下级军官身份,上书反对宋高宗南迁,要求北伐。不料触怒了主和派,他们以"越职言事"的罪名,革掉了他的军职。但是,岳飞毫不气馁。他所记挂的不是个人的进退荣辱,而是国家的命运和民族的存亡。他在抗金名臣宗泽手下,带领队伍转战黄河南北,深入到太行山下,屡建战功。

　　由于南宋朝廷坚持妥协投降的政策,金兵乘机南进,跨过黄河,打到了江南。时局的混乱,使岳飞的军队和朝廷失去联系,成为孤军。岳飞不畏艰险,主动出击,在广德六战六胜,打得金兵闻风丧胆。又在常州四战四捷,金兵死伤惨重。

　　岳飞相继收复了建康和襄阳六郡,使"岳家军"声威大震。宋高宗赵构特赐岳飞一面军旗,上面绣着4个赫赫大字"精忠岳飞"。

　　靖康耻,犹未雪;臣子恨,何时灭!

这是岳飞著名诗篇《满江红》中的诗句,岳飞念念不忘抗金收复失地的大业。1140 年,岳飞率军挥师北上,"岳家军"以锐不可当之势,连克数城,"精忠岳飞"的战旗所向披靡。

这年 7 月,岳飞亲自率领一支轻骑进驻郾城。金将兀术则纠集了 1.5 万名精兵进逼郾城,并拿出了他的王牌军铁浮图军,企图一下子吃掉"岳家军"。

岳飞观察了形势后,深知这将是一场前所未遇的恶战、以寡敌众的硬仗,也坚信自己的将士能够承受严酷的考验。岳飞首先命令儿子岳云率领背嵬军和游奕军骑兵精锐,出城迎击。他神色严毅地对岳云说:"必胜而后返,如不用命,吾先斩汝矣!"

当天下午,岳云舞动铁锥枪,率精骑直贯敌阵。双方的骑兵展开了激烈的鏖战。金兵的后续部队源源不绝地拥来。岳云率领的马军打败敌骑的一次冲锋后,又招致更多的敌骑进行第二次冲锋,如此激战几十回合,形势逐步发展到与金兀术"全军接战"的地步,10 余万金军后续军队也陆续开进战场。

岳家军猛将杨再兴扬言要活捉金兀术,单骑冲入

敌阵，杀金军将士近百人，他自己也身中数十枪，遍体创伤，仍然战斗不止。在战斗最激烈的时刻，黄尘蔽天，杀声动地。岳飞亲率 40 名骑兵突进到阵前。这时一个副将急忙上前挽住战马，说："将军为国家重臣，安危所系，不可亲战！"

岳飞喝道："身为将军，理当身先士卒！"说罢跃马驰突于敌阵之前，左右开弓，箭无虚发。将士看到统帅亲自出马，顿时士气倍增。金兀术眼见骑兵会战不能取胜，焦躁万分，于是下令将披挂重铠全装的铁浮图军投入战斗。

铁浮图军每 3 匹马用皮索相连，他们护甲厚重、攻坚能力强，"堵墙而进"，主要用于正面冲击。金军一反以左、右翼拐子马迂回侧击的惯技，改用重装骑兵铁浮图军来进行正面冲击，企图以严整密集的重装骑兵编队来击溃对方较为散乱的骑兵。

岳飞当即命令早已准备好的步兵出动。"岳家军"步兵将士手持麻扎刀、提刀、大斧等以步击骑的利器，专劈马足。只要一匹马扑地，另外两匹马就无法奔驰。步兵与敌骑"手拽厮劈"，铁浮图军顿时乱作一团。

"岳家军"骑兵则专门对付马上的金兵，他们先用长枪挑去金兵的头盔,再用大斧砍掉金兵的脑袋。马上马下紧密配合,把金兵打得人仰马翻。

天色渐渐昏黑,金军重装骑兵铁浮图军损失惨重,一败涂地、狼狈溃逃。金兀术说:"自起兵南进以来,铁浮屠军所向披靡,今天算是彻底完了!"

郾城一战金军惨败,1.5万名精兵被岳飞消灭三分之一。岳家军大获全胜。这就是有名的"郾城大捷"。郾城之战后,岳飞乘胜追击,在朱仙镇,又把金兀术剩下的10万大军打得作鸟兽散,狼狈逃窜。

面对英勇善战的岳飞,金兀术再次感叹地说:"撼山易,撼岳家军难!"

喜人的抗金形势,使人民欢欣鼓舞,岳飞也非常兴奋,他充满信心地对部将说:"直捣黄龙府,与诸君痛饮尔!"可是,正在这时,朝廷在一天内连下12道金牌,要岳飞"立即退兵"。

原来,金国在无力攻灭南宋的情况下,准备重新与南宋议和。宋朝廷乘机开始打压手握重兵的将领,尤其是坚决主张抗金的岳飞。宋高宗和秦桧害怕岳飞继续前进,会阻碍他们的议和计划,也害怕胜利后更加强大的"岳家军"会威胁他们的地位。因此,就以

"孤军不可久留"为借口，下令岳飞退兵。

岳飞望着抗金义士用生命和鲜血换来的中原沃土，泪流满面，他愤愤地说："十年之功，废于一旦！所得诸郡，一朝全休！"

奸臣当道，忠良遭殃！1142年，秦桧以"莫须有"的罪名杀害了岳飞。

岳飞虽然被奸臣害死，但是，他"精忠报国"的爱国主义精神并没有死，岳飞的名字已深深刻在世代人们的心中，而秦桧等人却被铸成铁像反剪双手，长跪于英雄的墓前，千秋万世受到人们的唾骂。这正表达了我们民族鲜明的忠奸是非观念和爱憎之情。

陆游的爱国壮志雄心

陆游是南宋越州山阴人，越州山阴即现在的浙江绍兴。他自幼好学不倦，12岁即能诗文，有"小李白"之称。17岁便有诗名。

陆游的父亲是具有爱国思想的正直士大夫，所结交的也多为爱国之士。父亲经常与朋友在家中聚会，谈论国事，每当说到金人入侵，他们无不咬牙切齿，痛哭流涕，意欲收复中原。

父辈们的爱国思想和高尚情操，对陆游耳濡目染，熏陶默化，忧国忧民的思想感情在陆游心里生了根，使他从小就决心献身抗金事业，立下了"上马击狂胡，下马草军书"的爱国壮志。

为了实现这一壮志，陆游不仅习文，而且学武。他曾研读兵书，还花了很长时间从师学习剑术。剑术的学习，培养了他英勇豪爽的气概，锻炼了他刚健强壮的体魄。

1153年，陆游赴临安应试进士，取为第一，而秦桧的孙子秦埙居其次，秦桧大怒，欲降罪主考。第二年陆游参加礼部考试，主考官再次将陆游排在秦埙之前，竟被秦桧除名。

奸臣秦桧死后，陆游出任福州宁德县主簿。1163年宋孝宗即位后，以陆游善辞章，熟悉典故，赐其进士出身。历仟枢密院编修官兼编类圣政所检讨官、通判、安抚使、参议官、知州等职。

陆游在做官期间，做了许多爱国、爱民之事，如在大灾之年，开官仓赈济饥民；也曾为收复失地、统一国家积极出谋划策。

1161年，陆游因抗金名将王炎之请，千里迢迢从家乡山阴来到南郑"干办公事"，亲着戎装戍守在大散关头。无论是诗人的人生理想的实现还是诗歌成就的取得，南郑岁月都是一个划时代的里程碑。

陆游当时身着戎装，率领将士戍守在大散关头，在风雪之夜布置骑兵突袭敌营，活捉俘虏，以摸清敌情，他还参加过渭水的强渡和大散关的遭遇战。

大散关一带，山高林密，当时又是抗金前线，居

民稀少，所以时有猛虎出没伤人。为了为民除害，陆游曾在深山密林中手刺猛虎。他在《闻虏乱有感》中记述此事：

前年从军南山南，夜半驰猎常半酣。
玄凶苍兕积如阜，赤手曳虎毛糁糁。

陆游还考察了大散关一带"地近函秦气俗豪"的山川形势和民情习俗，在此基础上形成了他"却用关中作根本"的战略思想。他积极向王炎陈进取之策，以为"经略中原必自长安始，取长安必自陇右始。当积粟练兵，有衅则攻，无则守"。

陆游的进取方略虽得到王炎的赞同，却不见朝廷接受。随着王炎被朝廷召回，幕府解散，陆游在大散关头所呈的收复中原主张终成泡影。

大散关一带的雄关沃野，铁马秋风的军营生活，北方民众的自发抗金、驰寄密报的忠义之举，不但进一步激发陆游的爱国热情，影响着陆游的思想性格，也使他的诗歌创作从思想深度到创作风格都发生了前所未有的变化。

诗人后来回顾这种创作思想和风格变化时,曾写了一首有名的《九月一日夜读诗稿有感走笔作歌》,诗中写道:"我昔学诗未有得,残余未免从人乞。力屠气馁心自知,妄取虚名有惭色"。

在南郑经历了一段紧张丰富的军中生活后,陆游诗作的主调仍是抗金之志、报国之情。如在《山南行》中,他思考的则是经略中原的用兵主张:"国家四纪失中原,师出江淮未易吞。会看金鼓从天下,却用关中作本根"。

在《和高子长参议道中》一诗中,表白的则是收复失地的美好前景:"莫作世间儿女啼,明年万里驻安西";甚至看到瀑布,也从中感激到报国之情,如在《蟠龙瀑布》中说:"意气忽感激,邂逅成功名。"

陆游离开南郑后的30多年间,不断有诗作回忆这段难忘的军中生活,前后共有300多篇,其中包括几乎人人能诵的《书愤》中的"楼船夜雪瓜州渡,铁马秋风大散关",《诉衷情》中的"年少万里觅封侯,匹马戍梁州"等。

大散关一带的军旅生活,是陆游一生唯一的一次亲临抗金前线,也是诗人力图实现自己爱国之志唯一的一次军事实践。

因为陆游始终坚持抗金救国的主张,多次遭到了投降派的陷害、打击和排挤,但他对自己的理想始终坚信不疑。直至晚年病重时,报国信念和爱国热情仍然不减当年。

1210年春,这位85岁高龄的爱国老诗人病在床上已经有100多天了,吃药也不见效,病情越来越严重。他的亲朋好友知道他将不久于人世,都纷纷前来探望。

在最后几天里,陆游已茶饭不进,不能说话了。全家人围在他身边,满含热泪,悲痛万分。这一天,陆游忽然示意家人要坐起来,家人只好扶着他坐好。他又让家人把窗户打开。大家怕他受风,承受不了,不肯开。陆游显出十分急躁痛苦的样子,家里人只好给他开了窗户。

此时,陆游透过窗口,翘首北望,眼含热泪,思绪难平。他生活在民族矛盾最尖锐的时期,亲眼看到金兵蹂躏中原人民,曾多次表示要挥戈跃马收复失地,统一国家,但都被南宋朝廷拒绝了。

国仇未报,他的一腔爱国热情也只好倾注笔下。

他的强烈的爱国热情，有增无已，"一闻战鼓意气生，犹能为国平燕赵"；他的报国壮志，老益弥坚，"壮心未与年俱老，死去犹能做鬼雄"；他的收复中原的信念，至死不渝，"僵卧孤村不自哀，尚思为国戍轮台"。

几十年过去了，山河依然破碎，百姓仍遭涂炭，自己壮志未酬，所有这些，怎能不叫他"悲歌仰天泪如雨"？

诗人明白自己就要离开人世了，他又看了一会儿窗外，忽然指指书案，家里人明白，他要写诗。儿子端来了笔砚，跪在他身边。

陆游那颤抖的手拿起笔刚刚写了"示儿"两个字，便喘成一团。但他不肯作罢，用尽最后的力气，哆哆嗦嗦地写道：

死去原知万事空，但悲不见九州同。
王师北定中原日，家祭无忘告乃翁。

意思是说：个人生死原是没有什么值得留恋的，可悲的是不能再看到国家山河的统一；等到有一天朝廷的军队收复了中原失地，家里举行祭祀时，千万不

要忘了把好消息告诉你们的父亲啊!

陆游,这位伟大而杰出的爱国诗人,直至临终,心里念念不忘的,仍然是国家领土的完整,国家的统一。这种至死不渝的报国信念,这种炽热的爱国激情,多少年来同他那不朽的诗作一样被人们传诵,直至今天还在激发国人的爱国热情。

辛弃疾的爱国情结

南宋词人辛弃疾与陆游有许多相似之处:他们始终把洗雪国耻、收复失地作为自己的毕生事业,并在自己的文学创作中写出了时代的期望和失望、民族的热情与愤慨。

辛弃疾是南宋时期历城人,就是现在的山东济南。他成长于金人的统治之下,金代统治者推行的一系列种族歧视政策给广大人民带来的深重苦难,深深刺痛了他的心,使他从小就对这种野蛮的民族掠夺痛

恨已极。

辛弃疾的祖父辛赞经常对辛弃疾进行爱国主义教育，所以，辛弃疾很早就立下了恢复中原，统一国家的壮志。为此，他勤奋读书，刻苦锻炼体魄，20多岁便文才出众。

辛弃疾22岁那年，金主完颜亮带领大军，南下侵宋，金军后方空虚，中原地区的英雄豪杰趁机"屯聚纷起"，进行反抗。辛弃疾也毅然投笔从戎，组织起2000多人的队伍，参加了耿京领导的农民起义军，并以其文才当上了起义军的"掌书记"，掌管起义军的大印和书檄文件。

为了扩大力量，辛弃疾说服了一个叫义端的和尚，带了1000多人马来投耿京。不料义端不怀好意，竟然在一天晚上偷了起义军大印，逃奔济南去投降金人。辛弃疾得知消息后，怒火从心而起，立即骑上耿京的乌龙马去追义端。在郓州通往金朝军营的山路上，义端骑着马在前面飞跑，辛弃疾在后面策马紧追，只见两团黄尘滚滚向前。

辛弃疾终于追上了义端。义端慌了手脚，满脸堆笑地对辛弃疾说："兄貌似青兕，勇猛过人，还望看在往日情分，饶我一回。"

辛弃疾毫不理会，怒睁双目，挥剑将和尚斩于马下，终于夺回了印信。辛弃疾以自己的正义行动，在义军中赢得了威望。

义军在发展，但辛弃疾却忧虑地看到，义军人数虽有20多万，但由于是孤军作战，又缺少训练，一旦与金军铁骑进行大战，势必难以取胜。因此辛弃疾劝导耿京南归宋朝，和官军共同抗金。

耿京采纳了这一建议，并派辛弃疾代表义军去和宋朝廷联系。辛弃疾顺利地完成了任务，然后立刻策马北归，急于把这一好消息向耿京传述。

不料，行至海州，即现在的江苏东海附近，一个惊人的消息传来：在敌人的诱降政策挑动下，义军中发生了哗变。叛徒张国安杀了耿京，劫持义军投降了金人，并被封为济州的州官。

听到这一消息，辛弃疾怒火中烧，他决心除掉叛贼，为

耿京报仇。他带了50名勇士,快马加鞭直奔济州张国安的营帐。看见张国安正同金将正在宴席上喝酒作乐,气得他眼睛都红了。

辛弃疾趁其不备,带领勇士一拥而上,以迅雷不及掩耳的动作杀了金将,把张国安捆绑在马上,同时向其部下声言,朝廷10万大军随后即到。张国安的部下不少是义军旧部,所以当场就有上万人起来反正。

辛弃疾押着张国安,率领这上万人马,迅即掉头南下,一路上战胜了金兵的围追堵截,终于回到了南宋。

辛弃疾惊人的英勇爱国行为,使南宋朝廷大为震惊。宋高宗便任命辛弃疾为江阴签判,从此开始了他在南宋的仕宦生涯。而这时的辛弃疾才25岁。辛弃疾抱着抗金的理想南归,但南归后却是那样地不如意。他非但不能跃马横刀于疆场,运筹策划于帷幄,反而不断受到投降派的打击、排挤,最后竟被罢官。

有心报国,却报国无门,辛弃疾茫然,痛苦,无限悲愤。所谓"愤怒出诗人",慷慨激越的辛词,正是这种愤怒的艺术结晶。

辛弃疾的词充满深厚的爱国热情和挽救国家危亡的雄心壮志,"要挽银河仙浪,西北洗胡沙","平戎万里，整顿乾坤"。

辛弃疾的词也表露了他壮志未酬的忧愤之情。

长安故人问我，道愁肠酒只依然，
目断秋霄落雁，醉来响空弦。

追往事，叹今吾，春风不染白髭须，
却将万字平戎策，换得东家种树书。

辛弃疾的爱国辞章，慷慨悲壮，不仅真挚动人，而且热情澎湃，具有强烈的感染力。

他的《议练民兵守淮疏》，表达了他强烈的爱国主义感情，对战争形势的鞭辟入里的深刻分析和鲜明而又具体的对策。表达了他慷慨激昂的爱国感情，反映出忧国忧民"道男儿到死心如铁，看试手，补天裂"的壮志豪情和以身报国的高尚理想。

再如他的《美芹十论》，这是一部很好的军事论著。其中《察情》一篇论道："两敌相持，无以得其情则疑，疑故易骇，骇而应之必不能详；有以得其情则定，定故不可惑，不可惑而听彼之自扰，则权常在

我而敌实受其弊矣。"

此说可谓得兵家虚实理论之精华。古代的空城计、空营计之所以得行险而稳成，其妙处也不过在此而已。但直陈此妙、直捣关键枢要之处，辛弃疾可谓第一人。

自从辛弃疾的《美芹十论》献给朝廷之后，人们就把"美芹"和"悲黍"共同作为忧国忧民，悲国家之颠覆的代名词了。

一支熊熊的火炬，燃烧到了尽头，1207年，辛弃疾终于怀着忧愤的心情与世长辞。临终前，还连呼数声"杀贼"，显示出爱国词人的心始终没有离开抗金的战场。

文天祥正气以死报国

文天祥是南宋吉州庐陵人，即现在的江西青安。他从小就喜欢读书，尤其爱读忠臣烈士的传记，这些传记给他很大的教育。

有一天,文天祥来到吉州的学宫瞻仰先贤遗像。他看到吉州的欧阳修、杨邦乂、胡铨的遗像肃穆地陈列其中,十分钦佩和敬慕。这些忠烈之士都是本乡本土的人,他们能做到的,他觉得自己也要做到。

1256年,文天祥赴京师临安参加科举考试。考官把他的卷子列为第七名,宋理宗亲临集英殿阅读考生的卷子,亲定名次,把文天祥取为一甲第一名,时年文天祥21岁。

文天祥所处的时代,正是蒙古统治者向南方不断进犯的时代。面对强悍的蒙古铁骑,文天祥力主抗元。他知道自己人微言轻,而且多言招祸,可面对社稷人民,他选择毫不犹豫地挺身而出,向皇帝上书,指出迁都之议是小人误国之言,应以斩首。还建议改

革政治、扩充兵力、抗蒙救国。可惜宋理宗没有采纳他的建议。

1260年文天祥被任命为建昌军仙都观的主管。由于皇帝不纳谏，重用奸臣，文天祥愤而辞职，后被朝廷贬到地方上任职，治理今江西高安市，当时称为"瑞州"。

瑞州曾遭蒙古人蹂躏。文天祥履任后实行宽惠政策，尽力安抚百姓，筹集资金建立"便民库"，供借贷和救济之用，使地方秩序重新恢复过来。他还修复了一些古迹如"碧落堂"、"三贤堂"等，新建"野人庐"、"松风亭"等，以发扬先贤的民族正气，鼓舞人民的爱国精神。瑞州在文天祥治理下，百废俱兴。

1273年，朝廷起用文天祥为湖南提刑，掌管狱讼，他推辞不了，唯有启程上任。随后被委任为赣州知州。在赣州期间，他办事分外勤谨，主张对人民少用刑罚，多用义理，所属10个县的人民对他非常爱戴，加以这年风调雨顺，稻谷丰收，出现了短暂的安乐景象。

在赣州不到一年蒙古大举南侵，南宋到了最危险的时刻，文天祥结束了15年的宦海浮沉，踏上戎马征途。

1275年正月，文天祥接到朝廷专旨，命他疾速起发勤王义士，前赴行在。文天祥立即发布榜文，征募义勇之士，同时筹集粮饷。他捐出全部家财做军费，把母亲和家人送到弟弟处赡养，以示毁家纾难。

在文天祥的感召下，一支以农民为主、知识分子为辅的爱国义军在极短时间内组成，总数达30000人以上。起兵勤王在文天祥的生活中揭开了新的一页。

文天祥起兵后，积极要求奔赴前线阻击元军以扭转战局。但遭到朝廷中主和派权臣阻挠。文天祥愤而上书抗辩，社会舆论普遍支持他，连太学生也上书抨击投降派。在各方面舆论压力下，朝廷终于颁旨召文天祥领兵入京。

1275年8月，文天祥率部到达临安，一路秋毫无犯，声望大振。不久常州告急，朝廷命文天祥率军保卫平江。

文天祥从大局出发，派义军重要将领尹玉、朱华、麻士龙率3000人归张全节制，增援常州兵力。这时，蒙古铁骑攻破常州、平江后，临安危急。主和、主战两派意见分歧各行其是。文天祥和江万载、张世杰主战,三人联名奏请朝廷背城一战。但他们的救国方略得不到朝廷支持。

1276年1月,蒙古铁骑三路兵马围困临安。朝廷命文天祥为右丞相兼枢密使,出使元军大营,以便一窥虚实。文天祥以浩然的态度和蒙古交涉,却被蒙古统帅伯颜扣留。

文天祥虽然被拘禁,但不甘心失败,又不肯归顺。伯颜没有办法,决定把他送往元大都。在途中,文天祥逃去,辗转回到南宋管辖的地方。

文天祥计划在闽、广重举义旗,团结各方义兵,统一部署,复兴南宋。他在南剑州开督府,福建、广东、江西的许多文臣武将、地方名士、勤王军旧部纷纷前来投效,很快组成了一支督府军,规模、声势比勤王军大得多。

在文天祥的领导下,江西的抗元军事行动进行得如火如荼。各方义军配合督府军作战,分别夺回会昌、雩都、兴国、分宁、武宁、建昌等地。临川、洪州、袁州、瑞州的义兵都来请求督府节制。文天祥统一部署,挥师席卷赣南,收复了大片土地。

蒙古铁骑发起大规模的进攻。文天祥被朝廷外派南剑州开督府，由于文天祥督府军没有作战经验和严格训练，战斗力不强，在元军铁骑猛烈的冲击下，文臣武将或死或降，文天祥一家只剩下老少三人。

虽然文天祥受着国破家亡和妻离子散的巨大打击，但没有动摇其抗元意志。他带兵入粤，在潮州、惠州一带继续抗元。

1278年12月20日，文天祥不幸在五坡岭被一支偷袭的蒙古铁骑俘获。他吞下两粒龙脑毒药自杀守节，但药力失效，未能殉国。

元将张弘范看见文天祥，连忙上前相迎，文天祥却转过身体，以脊背相对。张弘范恬不知耻地说："文丞相，你的为人我一向敬佩。古人说，识时务者为俊杰，只要你写一封信给张世杰叫他投降，那么，你还可以当丞相。"

张弘范原是南宋将领，后来为了个人富贵，投降了元军。文天祥怒斥他道："无耻之尤！"

张弘范说："文丞相，刚者易折啊！"

文天祥断然说道："宁折不弯！"

张弘范"嗖"地抽出寒光逼人的宝剑说："你硬

还是我的剑硬？"

文天祥神色坦然，大步向剑尖撞去。

张弘范顿时吓得连连退步，祈求地说："文丞相，何必轻生呢？你给张世杰写封信吧！"

文天祥站住，说道："拿纸笔来！"张弘范以为劝降成功，喜形于色，赶紧递过纸笔，只见文天祥挥笔疾书：

辛苦遭逢起一经，干戈寥落四周星。
山河破碎风飘絮，身世沉浮雨打萍。
惶恐滩头说惶恐，零丁洋里叹伶仃。
人生自古谁无死，留取丹心照汗青。

写完，文天祥冷笑一声说："你拿去吧。我兵败被俘，再不能捍卫父母之邦，已深感无地自容。怎能写信去叫别人背叛国家呢？只有你这样的软骨头，才甘心做元军的奴才！"

张弘范又向文天祥劝降说："现在宋朝已亡，你的责任尽到了，如果你投降元朝，仍然可以做宰相。"

元朝廷看到劝说无用，就把文天祥上了刑具，关在一间阴暗潮湿的监牢里。就在这样的牢房里,文天祥被关了4年,受尽了各种各样的苦难和折磨,但丝毫没有动摇他一死报国的决心。

在这里,他写了许多诗篇,《正气歌》就是其中最著名的一篇。它表达了文天祥反抗元军的思想感情,同时歌颂了春秋战国时期许多忠君爱国的勇士,他决心要向他们学习,保持自己的浩然正气,决不贪生怕死,屈膝投降。

文天祥的妻子欧阳夫人和两个女儿柳娘、环娘被元军俘虏后送到大都,元朝廷想利用骨肉亲情软化文天祥。文天祥一共育有两子六女,当时在世的只剩此两女,年龄都是14岁。

文天祥接到女儿的信,虽然痛断肝肠,但仍然坚定地说:"人谁无妻儿骨肉之情,但今日事已如此,于义当死,乃是命也。奈何!奈何!"又写诗道:"痴儿莫问今生计,还种来生未了因。"表示国既破,家也不能全,因为骨肉团聚就意味着变节投降。

元朝廷看到文天祥不肯投降,还是不死心。最后,元世祖皇帝忽必烈决定亲自劝降。忽必烈见到文天祥时,文天祥不肯下跪,忽必烈的左右强行要他下

跪，文天祥坚立不动，从容地说："我大宋已经灭亡了，我应当赶快死！"

忽必烈劝诱说："你只要用对待大宋的心来对待我，我就封你做宰相。"文天祥仍不理睬。忽必烈又说："你如果不愿做宰相，就请你做别的官，怎么样？"

文天祥斩钉截铁地说："我只求一死就够了！"

1283年1月，文天祥被押赴刑场。这一天，兵马司监狱内外，布满了全副武装的卫兵，戒备森严。上万市民听到文天祥就义的消息，就聚集在街道两旁。从监狱到刑场，文天祥走得神态自若，举止安详。

临刑前，朝廷官员问他说："你有什么话说，告诉皇帝，还可以免死。"

他回答："死就死，还有什么话可说！"他没有忘记南方的国家，向南方下拜说："我能够报国的机会，也已经完了。"说完，从容就义，年仅47岁。文天祥遇害后，文夫人在收殓他的遗体时，发现他的衣袋里写着下面一段赞词：

孔曰成仁，孟曰取义，

惟其义尽，所以仁至。
读圣贤书，所学何事，
而今而后，庶几无愧！

文夫人向文天祥的遗体致哀，含着眼泪默念："夫君，你的死，重于泰山；我一定把你的遗言传给子子孙孙。"

在国运衰颓的危急时刻，文天祥为挽救国家危亡，以"留取丹心照汗青"的气概，进行了百折不挠的苦斗。他以死卫国的精神，已经成为中华民族精忠报国世代相传的典范。

其媚于奥，宁媚于灶

王孙贾①问曰："与其媚②于奥③，宁媚于灶④，何谓也？"

子曰:"不然。获罪于天⑤,无所祷也。"

子曰:"周监⑥于二代⑦,郁郁乎文哉,吾从周。"

【注释】

①王孙贾:卫灵公的大臣,时任大夫。

②媚:谄媚、巴结、奉承。

③奥:这里指屋内位居西南角的神。

④灶:这里指灶旁管烹饪做饭的神。

⑤天:以天喻君,一说天即理。

⑥监:同鉴,借鉴的意思。

⑦二代:这里指夏代和周代。

【解释】

王孙贾问道:"与其奉承奥神,不如奉承灶神。这话是什么意思?"孔子说:"不是这样的。如果得罪了天,在哪里祷告也没有用。"

孔子说:"周朝的礼仪制度借鉴于夏、商二代,是多么丰富多彩啊。我遵从周朝的制度。"

孔子对夏商周的礼仪制度等有深入研究,他认为,历史是不能割断的,后一个王朝对前一个王朝必然有承继，有沿袭。遵从周礼，这是孔子的基本态度。但这不是绝对的。

【故事】

孔子听乐曲讲治国之道

孔子是一位多才多艺的人，他自幼喜爱音乐，尤其是对传统性的音乐特别喜欢。他好学不倦，不耻下问，因此掌握了多方面的音乐技巧。他会击磬、鼓瑟、弹琴、唱歌、作曲等。孔子曾问礼于老聃，学乐于苌叔，学琴于师襄等人。

孔子35岁那年，鲁国国内发生动乱，孔子怕遭到灾祸，带着几个弟子逃到齐国。一天，齐国的乐人专门为孔子演奏《韶》的乐曲。孔子听得非常高兴。不久，齐国的乐人又为孔子演奏了《武》的乐曲。孔子听了，也觉得音调很动听，只是表达的意思还不够

完整。

有人问孔子说:"先生,《韶》和《武》您都欣赏过了,请您讲讲看法!"

孔子说:"当然是《韶》乐好呀!它的曲调美极了,而且表达的意思也极好。至于《武》乐嘛!它的曲调也美极了,只是意思还不够好。"

孔子为什么作这样的评价?原来,《韶》乐是虞舜时代的乐曲,孔子向往那个时代,所以极力赞美它;而《武》乐是周武王时代的乐曲,周武王的天下是由讨伐商纣才得来的,孔子喜欢文治而不喜欢武治。因此他就说《韶》乐好,《武》乐比不上《韶》乐。

郭子仪公而忘私的奉献

唐代克己奉公的为政典范,还有大名鼎鼎的唐代中期名将郭子仪。他的奉献精神,一直为世人所称道。

郭子仪与李光弼同为安思顺的麾下将领时,两人不融洽。后来,安禄山造反,皇帝命郭子仪做朔方节度使,李光弼成为他的部下。当时的节度使是战区司令长官兼行政长官,权力极大。

郭子仪当节度使后,李光弼惶惶不可终日。此时朝廷让郭子仪保举一人去平定河北。郭子仪秉公荐才,认为李光弼能担此任,于是就推荐了他。皇帝当即命令李光弼领一部分郭子仪的兵东征。

李光弼误以为郭子仪想借刀杀人,故意把他送到危险的地方去送死。但君命难违,临行前专门拜会郭子仪,对郭子仪下跪请罪说:"我甘愿一死,只希望你放过我的妻子和儿子。"

郭子仪知道李光弼误会了自己,就走下堂来,握住李光弼的手,流着泪说:"如今国家动乱,主人受人侮辱,您堪当此任,我郭子仪又怎能心怀私怨呢!"

郭子仪对李光弼用忠义之道加以勉励,并让他立即去担任河北、河东节度使。郭子仪分兵给李光弼。两人相别时握手流泪,相勉报国,一起攻破乱贼。从此以后,两人之间没有丝毫猜忌了。

郭子仪、李光弼两人亲密合作,使唐王朝免于亡国危机,以至于后来唐肃宗李亨对郭子仪说:"这虽是我的家国,但实由卿再造!"

郭子仪由于战功卓著,功勋太高,经常横遭一些小人的嫉妒。但他能忍常人所不能忍,容常人所不能容,总是以德报怨。

当郭子仪在前线泾阳为国浴血奋战时,却有人在后方挖了郭家的祖坟。郭子仪知道这件伤天害理的事是当朝宦官鱼朝恩干的。鱼朝恩一向嫉妒郭子仪,多次进谗言诬陷郭子仪。

郭子仪从泾阳返回朝中,满朝文武都以为郭子仪将与鱼朝恩大动干戈。然而郭子仪在皇上面前却绝口不提此事。

直至皇上问起此事时,郭子仪才边哭边说:"臣一直在外面带兵打仗,却不能禁止手下的士兵挖别人的祖坟。如今有人挖了臣的祖坟,这是臣的过错招致上天的责罚,这是老天的报应,并不是有谁故意和我过不去。"一场随时可能发生的血腥争斗,就这样由郭子仪的忍让而得以化解。

不久,鱼朝恩派人请郭子仪到自己家中赴宴。很多人都认为鱼朝恩不怀好意,设的是鸿门宴,劝郭子仪不要理睬,但郭子仪却执意要去。眼看拗不过郭子仪,他的许多部下就决定带兵器随行保护,可是郭子仪也不同意,最后只带了几个仆人前去赴宴。

鱼朝恩见郭子仪如此坦然,心中十分惭愧,对郭子仪说:"你真是长者,对我毫无疑心啊!"此后,鱼朝恩渐渐改变了对郭子仪的态度,在许多朝政上尽量给郭子仪提供方便。

郭子仪位高权重,但却从不居功自傲、盛气凌人。他对待部下不打骂,不训斥,如同亲人一般。他领兵打仗,特别注意保护老百姓,于民秋毫不犯。

当时的唐王朝,由于发生"安史之乱",社会经济遭到极大的破坏,百姓生活负担很重。郭子仪为了尽量不损害百姓的利益,多年坚持亲自耕种,他手下的军队军屯也开展得很好。

"安史之乱"时,叛军方面有一员叛将叫田承嗣,

带兵占据了魏州，在当地十分蛮横，飞扬跋扈。郭子仪以礼相待，派使者去劝诫。

田承嗣听说是郭子仪派来的人，十分恭敬，并跪倒在地，向郭子仪所在的方向遥拜，并对使者说："我已经很久不向别人下跪了，但是郭公值得我下跪。"

郭子仪忠君爱国，从无非分之想。他生有八子七女，儿子和女婿全部都在朝廷担任要职，其中六子郭暧与皇帝的女儿升平公主结婚。

781年6月14日，郭子仪寿终正寝，享年85岁。唐德宗李适十分悲痛，下诏停朝5日，君臣依次到府第吊唁，皇帝还到安福门临哭送行。

按唐代律令，一品官坟墓高6米。唐德宗专门下诏，特许郭子仪陪葬唐肃宗陵，坟比同等官职的人加高一丈，用以表彰郭子仪的巨大功绩。生前死后，哀荣始终。

郭子仪为了公事而不考虑私事，为了集体利益而不考虑个人得失。这种公而忘私精神，是一种奉献精神，为自己所从事的职业尽职尽责，无私奉献。这也是中华民族的传统美德，值得每个人去学习。

刘晏克勤克俭只为公

如果把唐代克己奉公的为官理政者列个名单，可以填上去很多人的名字，这之中除了魏徵、姚崇、郭子仪外，还有两袖清风的理财能手刘晏。

刘晏，唐代曹州南华人，就是现在的山东东明县。他自幼天资颖悟，少年时期十分勤学，才华横溢，号称"神童"，名噪京师。

刘晏8岁时，唐玄宗李隆基封泰山，刘晏因献作品《颂》而得到了皇帝召见。唐玄宗对他大加赞赏，让他到秘书省任职。从此刘晏勤奋苦读，博览群书，四求救教，这对他后来的

施政改革，产生了重大影响。

刘晏为官多年，历任吏部尚书同平章事、度支使、铸钱使、盐铁使等，实施了一系列的财政改革措施。因善于管理经济，官至左仆射，负责全国财政。

刘晏手中虽然掌管着全国亿万钱财，而自己的生活却十分俭朴。他的马车是旧的，穿的衣服也很平常，几乎与普通百姓一样。

这一年冬天，有一次刘晏办完公务准备去上早朝，正赶上天下起了鹅毛大雪。刘晏使劲地搓着几乎冻僵的双手，对车夫说："我们找一家店铺，买一些早点充饥，然后再去上早朝吧！"

车夫答应着，将马车停在一家店铺前。刘晏走下车子，步入食杂店。他一看价格，比别的店贵，二话不说，转身就退出店外。

刘晏与车夫继续往前走，在一家价格便宜的烧饼铺前停了下来。他对车夫说："你去买些烧饼，够我们两人吃的就可以了。"

车夫买来了热气腾腾的烧饼，刘晏急忙摘下帽子，将烧饼放在里面，然后，就和车夫一起站在雪地里吃了起来。

就在这时，有几个也要上早朝的官员看到刘晏站在雪地里啃烧饼的样子，小声讥讽，有的说："刘晏身为国家财政大臣，这样太寒酸了。"还有的说："嘿，他怎么跟乡下佬似的！"

刘晏听到了，毫不在意说："这烧饼真好吃！"

刘晏的家位于闹市，居住人口杂乱。他的宅院无高楼亭阁，也无奇花异草。因此，朋友们劝他换个地方重新修座庭院，也好风光风光，而刘晏却笑而不答，仍然住在原处。

刘晏赶上了"安史之乱"的特殊时期。为挽国家之倾危，解人民于倒悬，他身体力行，呕心沥血，几十年如一日，孜孜不倦，上朝时骑在马上，心里还在筹算账目，退朝之后，就在官署批阅文卷，常常是秉烛夜分。

刘晏理财以养民为先。他把赋税的增加建立在户口增加的基础上。他的增加赋税收入的办法，不是单纯依靠增税，而是通过实行有利于人民休息的政策，以促进人口的增加和生产的发展，使税源得以扩大。

刘晏在任转运使时，改革转运制度，采取雇佣劳动的办法，这是一项有利于人民休养生息的措施。在

论 语

刘晏任转运使的初期,全国户口只有200万,后来增加到300余万,而且增加的都在刘晏所管辖的地区。"养民为先"的政策确实取得了一定的效果。

在赈济贫民问题上,刘晏有独特的主张,他不赞成进行无偿的赈给。在发生灾荒时,他除了及时进行减免赋税和必要的贷放外,主要是利用常平法,"丰则贵取,饥则贱与",在灾区出卖粮食,收购其他杂货,运往别处出卖或留给官府自用。他认为这样做既不会造成国用的不足,又能使"下户力农"得到实际好处。

由于刘晏的理财方针、措施和办法适应了唐王朝经济残破的局面和当时社会的需要,所以使唐王朝的经济得到了恢复和发展,人民也得以养息。

刘晏饮食简素,室无婢妾,去世时只留下两车书籍和几斗米麦。在当时的情况下,一个理财大臣,能够如此两袖清风,是非常值得称道的。无怪乎人们经常把他与管仲、萧何相提并论,可谓青史留名。

陆贽以天下之事为己任

陆贽也是唐代克己奉公的典范。他为国为民,献计献策,是以天下为己任的济世治国之才。陆贽在少年时就才智超群,志向非凡。18岁考中进士,从此,走上了济世治国的道路。

784年,发生了泾原兵变,30岁的陆贽随唐德宗皇帝出征。在此期间,他日理万机,并上书皇帝,请皇帝下罪己诏书,以此激励将士,报国平叛。唐德宗虽不情愿,但仍采纳了陆贽的建议。

陆贽为唐德宗起草的诏书《奉天改元大赦制》,情词恳切,深自痛责。颁行天下后,前线将士为之感动,有的叛乱者听到后痛哭,上表谢罪。

 论 语

　　这年冬天，一些大臣为讨好唐德宗，请唐德宗加尊号"圣神文武"，以显帝威。

　　陆贽上书唐德宗，恳切地指出："现在是动乱之时，人心向背之秋，皇帝应注意收揽人心，检讨自己，不应只注重增加美名。"

　　陆贽认为，"与其增美称而失天下，不如废旧号而尊天戒"，极力劝皇帝不要重名而失德于天下，应该放弃加号这一不合时宜之举。

　　由于陆贽善于预见，措施得宜，力挽危局，唐王朝摇摇欲坠的局面得以转危为安。鉴于陆贽的功绩，788年4月，唐德宗任命陆贽为中书侍郎，成为了中书省固定编制的宰相。身居高位，他决心"以天下为己任，全心报国"。

　　陆贽主政期间，公忠体国，励精图治，具有远见卓识。在当时社会矛盾深化，唐王朝面临崩溃的不利形势下，他指陈时弊，筹划大计，为朝廷出了许多善策。他总结历代兴衰的经验，吸取贾谊《治安策》中所阐发的加强中央集权思想，认为只有加强中央实力，削弱藩镇势力，居重以驭轻，才能安定。

　　他继承《论语》中"百姓足，君孰与不足？百

姓不足，君孰与足"的思想，强调民富才能国富，民为邦之本，财为民之心。

他上疏提出："均节赋税恤百姓六条"，系统地阐述了恢复和发展封建经济进行改良的思想。并提出"养人资国"的主张，认为只有"养人"，充分使农民的个体经济得到发展，发挥他们在生产力方面的作用，才能尽可能创造更多的物质财富，使民富国强。

他认为能否正确使用人才，是关系到国家存亡的大问题。要想使大唐有所振作，不整顿吏治、广开才路是不会取得什么成效的。他向唐德宗提出了"求才贵广，考课贵精"的重要原则。

"求才贵广"就是要求广泛地选拔人才；"考课贵精"就是依据一定的标准进行考核，加强吏治的管理，以便高标准地培养地主阶级的官吏。

他建议军队加强训练，严明纪律，又要抚以恩惠，安排好家属，安乐其居，使之思想稳定，才能发挥战斗力。同时，建议不重要的节度使进行合并，使将帅专一，人心不分，号令一致，无往而不胜。

他会认为，治理军队，必须要奖惩分明。又主张根据士卒劳役的轻重，贡献的大小，所处安危的情

况,制订衣粮供给的等级,合理分配给养。他还注重军粮的贮积、供给和运输

陆贽为有唐一代的政论家,其思想主张为后世的管理者和儒学家所尊崇。《新唐书》的论赞中说他的思想"可为后世法"。他的学养才能和品德风范,深得当时和后代称赞。

陆贽秉性贞刚,在主政时矫正人君的过失,揭露奸佞误国的罪恶。尤其是对朋党,他采取了坚决的措施。朋党是唐德宗继位以来,一些弄权重臣,网罗羽翼,结党营私形成的集团。他们排挤善良,危害国家,是一股很强的恶势力。

陆贽不畏权贵,先断其结党之路,取消了过去的选官办法,广求贤才,严格考试制度。之后,他又向当权者发起进攻。

户部侍郎裴延龄为人奸诈,天下人都恨他,但由于他是唐德宗的宠臣,人们敢怒而不敢言。只有陆贽仗义执言,不仅当面指责他,而且多次上书皇帝,弹劾裴延龄的罪行。

伴君如伴虎,由于陆贽多次犯颜直谏,触怒朋党,结果他受到诬陷,险些被杀,最后被贬为忠州别驾,当了一个地方上的小官。忠州就是现在的重庆忠县。

陆贽身在朝廷之外,仍矢志不移,为民做事。当时,忠州地区疾病流行,陆贽遍访民间,抄录药方,写成《陆氏集验方》,以此济世救民。

陆贽生前深受忠州人民的爱戴,客死他乡后,便葬在了忠州翠屏山。从此,陆贽墓便成为忠州的一个胜地,一道风景,千百年来,一直受到人们的崇敬。

陆贽一生洁身自好,位高不受礼,官小不行贿,以天下为己任,献计献策,一心为民,终成一位千古流芳,万世敬仰的名臣。

刘温叟为官厚重方正

宋太祖赵匡胤建立宋王朝,为社会进步,经济发展,文化的繁荣创造了良好的条件。大宋基业初开,尤其需要勤政爱民，遵循礼法，节俭自律，以身作则的官员。当时的朝中要员刘温叟就是这样的人。

刘温叟，河南洛阳人。他为人厚重方正，举动遵循礼法，生活节俭自律，产生了改变五代以来奢靡风气的示范效应。

有一次，刘温叟在夜晚经过明德门西门前，给他驾车的人发现宋太祖赵匡胤正和几个太监登上门楼，就告诉刘温叟。

古代皇帝登楼，表示有重大事件。刘温叟见皇帝夜登城楼，不合礼法，就让驾车人和往常一样通过。

第二天，宋太祖询问刘温叟昨晚的事情，刘温叟说："陛下不在应该登楼的时候登楼，那么近侍都希望得到赏赐恩典，首都卫戍军队也希望得到赏赐。我昨天夜晚之所以直接经过，没有参拜陛下，就是为了让所有人知道陛下并不在楼上。"

宋太祖理解了刘温叟昨晚的举动，并对他现在

的解释，表示非常满意。

宋太祖时期，按照御史府旧例，每月赏给公用茶，御史中丞得钱1万，公用不足就以罚款补充。刘温叟时任御史中丞，他厌恶罚款之名，所以从不取用。刘温叟任御史中丞12年，多次求人自代。宋太祖难找合适人选，不允许别人替代，可见对他的信赖。

刘温叟身为朝中要员，却为官清廉，从不接受别人馈赠的礼物。刘温叟有一个学生，总想通过"靠山"达到荣华富贵的目的，但目的一直没实现。正在他愁眉不展时，听说老师刘温叟在朝中做大官，他一下子茅塞顿开。心想：这不正是自己将升官发财需要找的"靠山"吗？但就这么去找他，他不一定帮忙。于是决定先给他送礼，套套近乎，再找他也好说话。

一天，这名学生东打听，西问问，终于摸到了刘温叟的家门。他与刘温叟寒暄了一阵后，就说自己备了一车粮草，送给老师，聊表自己的感恩之情。

刘温叟一听连忙说："你的心意我领了，但东西我是不能收的。"

那个学生说："老师不收，就是看不起我。"

两人就这样推来让去，刘温叟毕竟拗不过年轻

人，只好把东西先留下了。

刘温叟心想：我绝不能白要人家的东西。如果我白拿了人家的东西，将来他找我帮他干些不义之事，我怎好回绝。如果就这么把东西送回去，他肯定会骂我绝情。

刘温叟想来想去，终于想出了个两全齐美的办法。于是，就叫来家里人，要他们把自己新做的那套好衣服拿出来，送到那个学生家里去。

这套衣服很华贵，价值相当于那车粮草的几倍。学生一看老师给学生送这么厚的礼，一时面红耳赤，觉得很不好意思。从此，他不再有找老师做"靠山"的念头。

刘温叟加倍还礼的事，当时传开后，许多人称赞刘温叟清正廉洁。个别想要通过行贿拉拢刘温叟的人，感到他太认真了，不好收买，于是，一个个都取消了拉拢他的想法。

赵光义任晋王时，了解到刘温叟一向清廉，在同僚之中相比，他并不富裕，于是，特意派人给他送去了500千钱。这既有奖赏之意，也有关怀之情。

刘温叟见是晋王的赏赐，却于情面，只好收

下。然后，他把这些钱原封不动地存放在厅西的一间屋子里，并当场把钱和门都封上了，送走了送钱的人。

第二年端午节，赵光义又派人给刘温叟送来一些粽子，还有精美的执扇，以表示对他的器重和关怀。

派来的人恰好还是去年送钱的那个人。他到刘温叟家中一看，去年送来的钱仍然放在那间屋子里，原封未动。事后，派来的人回去把所见情形如实地向赵光义作了禀报。

赵光义听说后，心中万分感慨，说道："连我送去的钱都不用，何况别人的了。看来，过去他之所以收下了我的钱，只是不想拒绝我的情面呵！这钱整整过了一年还未启封，可见他的廉洁情操是多么的高尚。"命令官吏把所送物品载回。

这年秋天，赵光义在后苑侍奉宋太祖用宴，在谈论当世有名的清节之士时，详细讲述了刘温叟以前的事情。宋太祖听后，再三叹赏。

刘温叟遵循礼法，践行了一个臣子应有的礼仪，而他拒收别人的礼物，保存了自己的名节。他的所作所为，令人肃然起敬，也给人们以深刻的启迪。

论 语

每事问

子入太庙①⑩,每事问。或曰:"孰谓鄹②人之子知礼乎?入太庙,每事问。"子闻之,曰:"是礼也。"

子曰:"射不主皮③,为力不同科④,古之道也。"

子贡欲去告朔⑤之饩羊⑥。子曰:"赐也!尔爱⑦其羊,我爱其礼。"

【注释】

①太庙:君主的祖庙。鲁国太庙,即周公旦的庙,供鲁国祭祀周公。

②鄹:zōu,春秋时鲁国地名,在今山东曲阜附近。

③皮:箭靶子。

④科：等级。

⑤告朔：朔，农历每月初一为朔日。告朔，古代制度，天子每年秋冬之际，把第二年的历书颁发给诸侯，告知每个月的初一日。

⑥饩羊：祭祀用的活羊。

⑦爱：爱惜的意思。

【解释】

孔子到太庙，每件事情都要问。有人说："谁说孔子懂得礼？他进了太庙，每件事都要问别人。"孔子听了这话，说："这正是礼啊！"

孔子说："比赛射箭，不在于穿透靶子，因为各人的力气大小不同。自古以来就是这样。"

子贡提出免去每月初一日告祭祖庙用的活羊。孔子说："赐，你爱惜那只羊，我却爱惜那种礼。"

 论 语

【故事】

刘邦每事问成就伟业

汉高祖刘邦,汉朝开国皇帝,我国历史上杰出的政治家、战略家、指挥家。

公元前206年,刘邦首先进入关中要地,秦朝灭亡,楚汉之争后,他统一中国,建立了汉朝。

"每事问"用得最好的当属刘邦。刘邦是"每事问"的高手。他的口头禅就是"为之奈何?"

论学问、论武艺,刘邦都远远不及项羽,然而项羽最终败给了刘邦,固然有很多原因,重要的一个原因就在于"为之奈何"上,刘邦会问,而项羽不会问。

刘邦每每遇事都要来句"为之奈何?"广泛征求其他人的建议,然后综合考虑,作出正确的决策。

这正是刘邦成就伟业的原因之一。正因为善纳言、善学习、善调动部属的积极性,才吸引了一大批人才,为其所用。

袁崇焕保国战沙场

袁崇焕是明末人,在他 14 岁时随祖父袁世祥,父袁子鹏迁至广西藤县,35 岁中进士,授福建邵武知县。在邵武任知县期间,袁崇焕救民水火,处理冤狱,关心军事,招纳军人,做了许多于国于民有益的事情。

这段时间,女真族领袖努尔哈赤建立了后金,随即以"七大恨"誓师告天,兴兵反明,仅用了几年时间,东北全境陷于完全失落的危急之中,明王朝的安

全受到极大的威胁。

消息传到北京后,朝野震恐,文武大臣议论纷纷,但都拿不出一个主意。这时,刚从福建调来兵部的袁崇焕站了出来,充满信心地说:"只要给我兵马和钱粮,我就可以把关外的防御责任担当起来!"

其实,袁崇焕当时只是兵部的一名小官,对此关系国家存亡的大事,他既无责任,也可以不冒风险。但他有一颗忧国忧民之心,他想到国家的安危,想到人民生活的安定,自己作为一朝武将怎能袖手旁观,无动于衷。

袁崇焕自愿戍边的请求,受到了君臣的称赞,于是皇帝提拔他为佥事,到山海关外监督军事。袁崇焕一到关外,便立刻与将士商议守备计划,安抚无家可归的百姓,修筑军事要冲宁远的城墙,以巩固边防。

正当宁远城墙告成的时候,袁崇焕的父亲去世了。按当时的制度,官员丧父要卸任回家守孝3年。但此时袁崇焕早已把全部身心都投入到东北的边防上,他怎能为了家事而放弃国事呢?袁崇焕眼含热泪,朝南三拜,表示对父亲的悼念之情。

1626年,努尔哈赤率13万大军,西渡辽河,兵临宁远城下。这时在宁远城中，只有1万多兵马，面对如此悬殊的敌我力量，人心惶惶。为鼓舞大家的斗志，袁崇焕集合全城将士，当众刺破手指写下血书，誓与宁远城共存亡。

战斗打响了，后金军顶着盾牌，冒着明军的弓箭和石头，蜂拥而上，企图掘开城墙攻进城去。袁崇焕沉着应战，他用西洋大炮对准敌兵密集的地方频频开火，使敌军无法前进。

战斗进行了两天，后金军发动了无数次进攻，但在袁崇焕的指挥下，宁远城岿然不动，而后金军却死伤无数，4位将领阵亡，努尔哈赤本人也负了伤。后金兵见大势既去，纷纷逃窜。

宁远大捷后，后金军胆战心惊，身经百战的努尔哈赤忍着炮伤叹息道："我从25岁开始带兵作战以来，战无不胜，攻无不克，没有想到这个宁远城却打不下来！"

努尔哈赤去世后，其子皇太极又率兵攻打锦州和兴城，但都被袁崇焕的部队所击败。于是，皇太极改变战略，于1629年，亲率军几十万，绕过袁崇焕的防区，突破长城，攻入关内，进逼北京。

 论　语

袁崇焕得到警报,立即挥师入关,在北京城下,与后金军展开了激战。袁崇焕身披铠甲,亲自上阵督战杀敌。在他的带领下,明军士气高涨。将士奋勇杀敌,从中午血战到晚上,终于打退了后金军。

皇太极感叹地对部下说:"我打了15年的仗,从来没遇到过这样厉害的对手!"

袁崇焕横戈戍边战沙场,为保国安民立下了汗马功劳。他为官清廉,刚直不阿,深受广大将士和百姓的爱戴,这也遭到了朝中奸党的迫害打击。

由于朝中奸党攻讦袁崇焕戍边不利,致使皇太极兵临北京城下,奸党便以"谋叛欺君"的罪名将其杀害了。

袁崇焕的一生,不为名,不为利,不为权,在中华民族的历史上,写下了保家卫国的辉煌篇章。

戚继光挺身驱逐倭寇

在明代保家卫国英雄的名单中，著名抗倭将领、军事家戚继光是非常醒目的一位。他率军于浙、闽、粤沿海诸地抗击来犯倭寇，终于扫平倭寇之患，被现代国人誉为"民族英雄"。

戚继光是明代山东蓬莱人，出生在一个世代担任武职的将门之家。由于家教的影响，他从小就接受了

 论语

抵御外侮的爱国思想。

在明世宗的时候，日本的一些封建诸侯纠集武士、商人和海盗经常在我国东南沿海一带骚扰，杀人放火，抢劫财物，闹得人民不得安宁。沿海居民非常痛恨，称他们为倭寇。

戚继光17岁那年，担任了登州卫指挥佥事，开始了他的戎马生涯。这个具有爱国思想的年轻人，看到沿海不平静，曾慷慨赋诗说："封侯非我意，但愿海波平。"表达了他保卫国家海疆的志向。

1555年，戚继光调到浙江，担任参将。他到任不久，就在温州、台州一连几次大败倭寇，成了远近闻名的勇将。

在军事实践中，戚继光深感当时军队素质太差，缺乏训练，战斗力弱，军纪又坏，无法战胜倭寇。于是他编练了以农民和矿工为主的3000名新军，并根据南方地形特点，创造了"鸳鸯阵"的新阵法。

这种阵法可攻可守，作战灵活，特别便于近距离作战，大大增强了战斗力。他还招募渔民，组成一支水军，从海陆两方打击倭寇。

戚继光非常重视部队的军纪。一方面，他经常给

战士们讲述杀敌卫国，保护家乡，爱护人民的道理，使战士齐心合力，刻苦练兵；另一方面，他制订了严格的军纪，赏罚严明。他规定，擂鼓该进，就是前面有水火，也要奋勇前进；鸣锣该退，就是前面有金银，也要坚决后退。

经过戚继光的训练，一支作战勇敢，纪律良好的军队形成了，被人们称之为"戚家军"。

"戚家军"刚练成，倭寇大举侵犯浙江台州的消息就传来了。戚继光率军进剿。敌人一闯进戚继光摆的"鸳鸯阵"，刀、枪、藤牌就像一阵暴风骤雨，密密层层向他们压了过去。

倭寇一部分被当场杀死，一部分被赶到灵江里淹死了。"戚家军"大获全胜，从倭寇手里，救回了被掳去的百姓5000多人。

时隔几天，戚继光又在处州上峰岭布下天罗地网，以少胜多，歼敌2000多人，充分显示了他出奇制胜的指挥艺术。接着"戚家军"又在台州地区与倭寇进行了10余次战斗，连战皆胜，把倭寇全部赶出了浙江。

"戚家军"打出了军威，名震天下，老幼皆知。大军凯旋时，台州百姓官吏出城相迎。

倭寇慑于戚继光的威名,又把骚扰的矛头指向了福建沿海。戚继光又奉命出师福建。在极端困难的情况下,戚继光巧施妙计,"戚家军"奋勇杀敌,在宁德、牛田、林墩接连打了3个胜仗,杀敌数千,捣毁敌人的大小巢穴数十座。当地百姓出城远迎,慰劳品塞满街道。

戚继光婉言拒绝了对他个人的祝贺,他想到牺牲的士兵,难过地说:"士卒伤亡,我何忍受贺。"他带着深切的感情下营帐看望伤兵,亲自抚恤阵亡将士的家属,穿上素服,声泪俱下地哭祭阵亡士兵。戚继光爱兵如子的将风,深深感动了全军将士,杀敌逐倭的士气越来越高昂。

"一年三百六十日,多是横戈马上行"。经过戚继光等将领10余年来统率沿海军民,浴血疆场,英勇战斗,东南沿海的倭寇被彻底肃清了,人民又开始了安居乐业的生活。

戚继光平定倭寇,保卫海疆,在中华民族反抗外来侵略的历史上,写下了光辉的一页。他的爱国思想和丰功伟绩,人民永远不会忘记。直至今天,浙江、福建一带还流传着"戚家军"英勇杀敌的故事,保存着大量戚继光和"戚家军"的遗迹。